모든 일에는 원인이 있습니다

조진호 지음

❀효림

들어가면서

　저는 모든 사람이 각자 '이번 생에 풀어야 할 인생의 숙제'를 다 가지고 있다고 생각합니다. 저에게도 2가지 인생의 숙제가 있었습니다. 하나는 '아토피를 해결'하는 것이었고, 다른 하나는 '부부갈등을 해결'하는 것이었습니다.

　사람마다 인생의 숙제는 다 다릅니다. 어떤 사람은 돈 문제, 어떤 사람은 이성 문제, 어떤 사람은 급한 성격 문제, 어떤 사람은 건강문제 등등 숙제의 종류는 많습니다.
　하지만 그 문제가 무엇이든 간에, 살아생전에 그것을 해결했다면 저는 그 사람을 존경합니다. 각자 가지고 있는 문제가 무엇이든 간에, 그 괴로움의 해결 과정에는, 모든 사람이 거쳐 가는, 거쳐 갈 수밖에 없는, '공통되는 길'이 있는 것 같습니다. '옳은 방향'으로 왔다면 반드시 거쳐 갈 수밖에 없는 길. 저는 그 이야기를 이 책에서 하고 싶습니다.
　괴로움을 소멸하려면, '독서'를 뺄 수 없고, '몸의 건강'을 뺄 수 없고, '마음의 평온'을 뺄 수 없고, 동서양의 철학, 고전, '옛 성인들이 하신 말씀들'을 빼놓을 수 없고, 예수님이나 부처님의 가르침을 뺄 수 없고, 신을 빼고, 믿음을 빼고 이야기를 할 수가 없습니다. 제가 이야기한 이 모든 핵심들의 한가운데를 관통하는 한 가지 원리가 있으니, 그것은 바로 '인과의 법칙'입니다.

제가 가진 저의 인생 숙제 - '부부갈등'과 '아토피' 이 두 가지 문제는 모두 저에게 엄청난 '고통'을 안겨주었습니다. 괴롭고, 짜증 나고, 도망가고 싶고, 화가 났었습니다. 그렇게 괴로워하다가, 저는 운 좋게도, '때'가 되어 '세 가지 보물'을 만났습니다.

그 세 가지 보물 덕분에, 저는 '인생 숙제'를 해결할 수 있는 '실마리'를 찾았습니다. 그 소중한 '보물들'을 여러분과 함께 공유할 수 있게 되어 너무 영광입니다. 그리고 이런 인연에 감사드립니다.

그 첫 번째 보물은 '인과의 법칙'입니다.
'모든 일에는 원인이 있다'는 가르침입니다.
부부갈등에도 '원인'이 있었고, 아토피에도 '원인'이 다 있었습니다.
사업의 실패에도 원인이 있었고, 질병에도 원인이 있었습니다.
그 원인을 '알아내고', 그 원인을 '제거'하는 것,
그것이 '해결책'이었습니다.
그 '원인'을 제거할 수 없으면,
그 '원인의 원인'을 제거하면 됩니다.

두 번째 보물은 '자연치유'입니다.

자연치유는 '몸'에서 일어나는 인과의 법칙을 이야기합니다.

질병이 왜 생기는지 그 '원인'에 대해 물고 늘어질 것입니다.

세상 어느 누구도, '나' 이외에는

나의 병을 낫게 할 수 있는 사람이 없습니다.

내가 나 스스로, 나의 병을 '연구'하고,

나를 '치유'해야 합니다.

나를 진정 치유할 수 있는 사람은 나 자신이 유일합니다.

이 사실을 '명확하게' 아셨으면 좋겠습니다.

세 번째 보물은 '독서'입니다.

독서는 '성공'에 관한 인과의 법칙을 이야기합니다.

좋은 책을 '반복'해서 읽는 습관,

그 속에 모든 해답이 있었습니다.

모든 지혜가 책 속에 다 있었습니다.

책이라는 매체가 가진 특이성 때문에 책은 다른 어떤 매체보다

사물의 '본질'을 가장 잘 전달해 줍니다.

저는 이 '세 가지 보물'을 조합해서 '저의 인생 숙제'를 풀어나가고 있습니다. '자만'은 금물입니다만, 이제 '문제 푸는 방법'을 어느 정도 알게 되었습니다. 그래서 '자신감'이 좀 붙었습니다.

"원인의 원인을 해결하는 것"이 바로 그 '해법'입니다.

저는 저 자신에게 질문을 던지고, 또 던졌습니다.

우리 부부는 왜 싸울까?
어떨 때 싸울까?
어떤 주제가 나올 때 민감하게 싸울까?
어떤 방식으로 싸울 때 싸움이 크게 번졌던가?

나의 아내는 왜 저렇게 생각을 하는 것인가?
저렇게 생각을 하는 근본 이유는 뭔가?
왜 저런 반응을 보이는 것인가?
무엇을 얻기 위해서 저러는 것인가?

나는 왜 화가 났는가?
나는 왜 그렇게 대처했는가?
나는 왜 그렇게 오해했는가?
나는 어떻게 이 문제를 해결할 것인가?

아토피는 왜 생겼는가?
왜 나는 이렇게 고통을 받아야 하는가?
어떻게 하면 낫게 할 수 있는가?
누구의 도움을 받아야 하는가?

문제의 원인,

그 원인의 원인,

그 원인의 원인의 원인,

또 그 원인의 원인…

이렇게 계속 이어나가 보았습니다.

그러다 알게 되었습니다.

이 모든 문제의 시작은 '나'와 연관되어 있음을.

상대가 '나에게 준 상처'만 볼 것이 아니라,

상대가 '왜' 나에게 상처를 줬나를 생각해 봐야 하더군요.

곰곰이 생각해 보니,

내가 '이전에 상대에게 상처를 줬기 때문'이더군요.

모든 것이 '나로 인해 시작'되었음을 알게 되었습니다.

배우자의 탓 90%, 내 탓이 10%. 이것이 아니었습니다.

배우자의 탓 50%, 내 탓이 50%. 이것도 아니었습니다.

배우자의 탓 0%, 내 탓이 100% 이것이 진실이었습니다.

그 사실을 알고 난 후 허탈했습니다. 하지만, 한편으론 기뻤습니다. 그것은 '희망의 메시지'였습니다. 모든 것이 '나의 탓'이니, '내가 바뀌면' 문제를 해결할 수도 있다는 이야기였으니까요.

저는 그때부터 '모든 것이 나의 탓'이라는 마인드를 탑재하기 시작
했습니다. 나의 아토피도 '나'로부터 시작되었고, 나의 부부갈등도
'나'로부터 시작되었음을 스스로 인정했습니다. 그리고 거기서부터
다시 시작했습니다.

"그래 다 내 탓이다. 인정한다. 진호야. 이제 어쩌면 좋겠니?"
이렇게 '나 자신'에게 묻기 시작했습니다.
그러자 신기하게도 '세상'이 답을 알려주기 시작했습니다.

저는 분명히 '나 자신'에게 물었는데,
신기하게도 '세상'이 저에게 답을 했습니다.

지인을 통해 책을 선물 받기도 하고,
아버지로부터, 누나로부터, 아내로부터 많은 책을 소개받았습니다.
'우연'이라는 탈을 쓰고, 좋은 책, 좋은 유튜브 강의,
좋은 스승님과 '인연'이 닿았습니다.
그런데 신기하게도,
그 속에 제가 찾던 '답들'이 다 들어 있었습니다.
저는 이제 저 나름의 확신이 생겼습니다.
그것들이 다 '우연이 아니었다'는 확신이.

제가 '나 자신'에게 기도하고, 질문하면,
제 주변 사람들은 어찌 알았는지, 분명 '제 기도'에 반응했습니다.
그들의 '의식'은 몰라도, 그들의 '무의식'은 아는 듯했습니다.
제가 뭔가 '필요한 것'이 있을 때마다, 얼마 안 가서,
그것들은 '제 주변 사람들의 손'을 통해서,
저에게 척척 날아왔습니다.
'우연이 반복되면, 그것은 우연이 아님'을 눈치채야 합니다.

'내게 필요한 것'을,
'알맞은 시간'에
'알맞은 방법'으로
'알맞은 인연'을 통해 전해주시는 존재가 있음을
저는, 어느 날, 확신하게 되었습니다.

이것을 기독교에서는 '하나님'이라고 부르고,
불교에서는 '부처님(법신부처님)'이라고 부르는 것이구나
하는 것을 알아차렸습니다.

그리고 그 하나님(=법신부처님)께서 알려주시는 방법대로,
실천해 보았더니,
그렇게 안 풀리던 인생 문제가 하나씩 풀리기 시작했습니다.
아토피 문제도, 부부관계 문제도, 사소한 다른 문제들까지도
차례차례 제 주변 모든 것들이 바로 서기 시작했습니다.

내가 바로 서니, 신기하게도,
세상 또한 바로 서려 하는 것을 느꼈습니다.

저의 이 '괴로움 소멸 과정'들을 저와 인연된 많은 분들과 공유하고 싶었습니다. 저 또한 '인간관계' 때문에, '건강' 때문에 긴 시간 괴로워했듯이, 수많은 사람들이, 겉으로 드러난 형상은 달라도 '본질적으로' 같은 문제(인간관계 문제, 건강 문제)로 괴로워하고 있을 것이라고 저는 생각합니다.

어쩌면 이 책은
'여러분의 필요'에 의해,
하나님께서 '저의 손을 빌려' 쓰신,
여러분께 드리는 '하나님의 선물'인지도 모릅니다.
저는 그 선물을 전해드리는 '배달원'이고요.
그러니 제가 썼지만, 저의 공功이 아닌 것이지요.

저는 이번에 이 책을 쓰게 되면서, 최근 3년간의 '독서 노트 겸 일기장' 7권을 계속 반복해서 읽었습니다. 그러면서 질문했습니다.
"진호야, 도대체 네가 사람들에게 하고 싶은 이야기가 뭐니?"
저 자신도 잘 몰랐던 제 '생각의 요지'를 이번 집필을 계기로 명확하게 알게 되었습니다.

(1. 인과의 법칙, 2. 자연치유, 3. 독서)

괴로움을 소멸하는 이 세 가지 '핵심 보물'을
저와 인연된 많은 분들께 전해드리고 싶었던 것이었습니다.

제일 먼저 이 책 '모든 일에는 원인이 있습니다'에서
인과의 법칙에 관한 이야기를 먼저 해보겠습니다.
자연치유와 독서에 관한 이야기는
연이어 발간될 '모든 질병에는 원인이 있습니다'에서
이야기를 계속 이어 나가겠습니다.
부디 많은 분들께서 이 보물들을 잘 챙겨가셨으면 좋겠습니다.

2024년 12월
조진호 씀.

p.s. '작은따옴표' 부분에 '엑센트'를 넣어서 읽으시면
좀 더 쉽게 저의 의도가 전달될 것 같아서
작은따옴표를 '많이' 사용하였음을 미리 알려드립니다.

CHAPTER 2.
인과법의 작동 원리

CHAPTER 3.
인과법의 실전 응용

CHAPTER 1.

왜 인과법이 중요한가?

인생이라는 '도미노' 게임

언제부터인지 저는 '생각'을 하기 시작했습니다. 내가 '왜' 지금 고통받고 있는지, 벗어날 수 있는 '방법'은 없는지? 그 방법을 어디서 '배울 수' 있는지? 그리고 '어떻게' 하면 그것을 '실천'할 수 있는지? 그 실천을 '막는 것'은 무엇인지? 그 장애물을 어떻게 '제거'할 것인지? 그것을 차례차례 '스스로' 생각하기 시작했습니다.

그러다 문득 인생이 '도미노'라는 것을 인지하게 되었습니다.

내가 지금 넘기고 싶은 도미노를 상상해 봅니다.
나에게 지금 저 도미노를 넘길 힘이 있는지 잘 '생각'해 봅니다.
그 도미노를 넘길 힘이 있으면 넘기면 되고,
그만한 힘이 없으면 다시 곰곰이 '생각'을 해봅니다.

'아. 저 앞 도미노를 먼저 넘겨야겠구나.'

이제 그 '앞 도미노'를 잘 살펴보고 연구합니다.
그 도미노 또한 '넘길 힘'이 지금 나에게 없다는 것을 발견합니다.
그러면 또 '더 앞'의 도미노로 타겟을 변경합니다.

'그래 이놈은 내가 넘길 만하다.'

그때부터 저는 이 '하나의 도미노'에만 집중합니다.
모든 에너지를 모아서 이 하나의 도미노에 집중합니다.
일념一念으로 넘깁니다.

그렇게 한번 '도미도 게임'을 통한 문제해결을 경험해 보면서,
저는 큰 이치를 깨달았습니다.

아~ 인생이 진짜 '도미노'구나.

'이런 방식으로 문제를 해결해 나가면
그 어떤 문제도 해결할 수가 있겠구나'
하는 것을 느꼈습니다.

예를 들어 보겠습니다.

'건강'이라는 커다란 도미노가 있습니다.
넘기고 싶습니다.
그런데 꿈쩍도 안 합니다.
그 앞을 보니, '충분한 수면'이라는 도미노가 있습니다.
그것 역시 꿈쩍도 안 합니다.
그래서 또 더 앞에 있는 도미노를 살펴봅니다.

밤에 일찍 자려면, 밤에 즐겨 보던 넷플릭스, 유튜브, 드라마를 포기해야 합니다. 친구랑 즐기던 치맥과 삼겹살, 소주를 포기해야 합니다. 저녁에 만나던 각종 친목 모임을 다 포기해야 합니다. 또, 잠을 일찍 자려면, 맨발걷기를 통해 '수면주기'를 되살려주어야 합니다.

건강을 위해 영양가 없는 모임들을 '정리'해야 함을 인지합니다.
건강을 위해 드라마 같은 시리즈물을 '정리'해야 함을 인지합니다.
건강을 위해 평소 안 하던 '맨발걷기'를 해야 함을 인지합니다.

넷플릭스와 친목 모임, 맨발걷기. 이 모두가 건강과 서로 연관이 있음을 인지합니다. 이렇듯 '체인 고리' 연결하듯 주렁주렁 고리를 연결해 보면 그 고리가 '끝이 없음'을 알게 됩니다. 이렇게 세상은 모두 조금씩 조금씩 다 '연결'되어 있음을 알게 됩니다.

'잠 습관' 하나를 제대로 고치려면, 잠 습관 하나만 바꾸려 해서는 절대 잠 습관을 고칠 수 없습니다. 잠 습관 하나가 다른 것들과 '거미줄'처럼 얽혀있기 때문입니다. 그래서 어찌 보면 내가 가진 '습관 전체'를 통째로 다 갈아엎어 줘야, 잠 습관 '하나'를 고칠 수 있는 것인지도 모릅니다. 모든 것이 다 '연결'되어 있기 때문입니다.

이것을 '연기緣起법'라고 합니다.
'인연해서 일어난다'는 뜻입니다.
일직선적인 '단순 도미노'가 아닌,
서로 '거미줄'처럼 얽혀 있는 '다중 도미노'라는 말입니다.
어떤 일의 '원인'은 이처럼 '하나'가 아닙니다.

인생은 도미노 게임입니다.
내가 넘기고 싶은 도미노를 지금 당장 넘길 힘이 없으면
좀 더 앞의 도미노에 집중하십시오.
그 일의 '원인'에 집중하십시오.

진리의 시작이자 모든 것 - 인과의 법칙

사람들은 이야기합니다.

"가족끼리라도 정치 이야기, 종교 이야기는 하지 마라" 라고요.

왜냐하면, 이것은 한번 정해지면 좀처럼 잘 안 바뀌기 때문입니다.

한번 굳은 사람의 '생각'이 그래서 무서운 것입니다.

정치적 성향이나 종교적 성향이 다르면,

대화하기가 정말 힘이 듭니다.

저는 그 말의 뜻을 이해합니다.

그 무서움을 직접 느껴도 보았구요.

하지만 이 이야기는 꼭 좀 짚고 넘어가야 할 것 같습니다. 종교란 무엇이고 그 '종교'에서 말하고 싶어 하는 내용의 핵심은 무엇인지? '진리'란 무엇인지 함께 고민해 보는 시간이 되었으면 합니다.

'칼'이 손에 맞는 사람이 있고, '활'이 손에 맞는 사람이 있습니다.
'축구' 잘하는 사람이 있고, '그림' 잘 그리는 사람이 있습니다.

지는 종교도 이와 같다고 생각합니다.
불교나, 기독교나 천주교나 사람마다 '인연'이 다른 것입니다.

어느 것이 옳고. 어느 것이 틀리고, 그런 문제가 아닙니다.
어떤 사람은 '석가모니 부처님'과 '인연'이 있는 것이고,
어떤 사람은 '예수 그리스도'와 '인연'이 있는 것이고,
어떤 사람은 '성모 마리아'와 '인연'이 있는 것입니다.
'시대'와 '지역'에 따라
어떤 가르침이 나와 인연되느냐의 차이이지,
그 '본질'은 같습니다.

손흥민 선수에게 있어 '축구'는,
피카소에게 있어 '그림'입니다.
'재능'이란 측면에서, 그 '본질'이 같다는 말입니다.

석가모니 부처님과 예수님, 그 두 분의 말씀은 마치 판박이처럼 똑같습니다. '어찌 이리도 똑같냐' 싶을 정도로 똑같습니다. 다만, 하나는 중동 지역에서 발생했고, 또 다른 하나는 인도에서 발생한 것뿐입니다. 그런 '지역적 특성'을 가지고 있을 뿐, 본질 면에서는 '정말' 똑같습니다. 얼핏 서로 모순되어 보이는 구절들도 알고 보면, 서로 모순되는 이야기들이 아닙니다. 다 같은 이야기입니다. '신약성경'과 '법화경'의 내용이 똑같음을 연구하신 '민희식 교수님' 이야기를 군이 꺼내지 않더라도, 생각을 해보십시오.

'진리는 하나'라 하지 않습니까?

역사적으로 그렇게 위대하다고 하는 두 분의 말씀이, 어떻게 다를 수 있겠습니까? 만약 그게 다르다면, 어떻게 성인이라 하겠습니까? 어떻게 깨달은 사람이라 하겠습니까? 어떻게 진리라 하겠습니까? 성인의 경지에 오른 사람들은 그 어떤 방법으로 도달했든 간에 결국 하시는 이야기가 하나같이 똑같았습니다. 사랑, 자비, 인과, 주인의식.

천상 세계에서, 석가모니 부처님과 예수님은 서로 친하시다는데, 땅에서 그 '제자'들이 서로 치고받고, 싸워서야 되겠습니까?

불교가 맞다 틀리다. 기독교가 맞다 틀리다.
어느 것이 더 좋다 나쁘다. 그렇게 생각하지 마십시오.

불교 안에서도 진리를 제대로 잡으신 도인 같은 '스님'이 계시고.
무늬만 중이지, 중생이나 다름없는 가짜 스님이 있습니다.

기독교 안에서도 진리를 제대로 잡으신 '목사님',
어느 누구와도 걸림이 없는, '깨달으신' 목사님이 계시고.
교회 안에서도 돈만 밝히는 그런 '장사꾼'이 있습니다.

이 말을 기억하십시오.

"진리를 제대로 잡으신 분들은 절대 싸우지 않습니다"

'싸운다'는 것은 아직 '모른다'는 것입니다.
'상대의 종교를 비방한다는 것'은 아직 '자신의 종교'도
제대로 이해하고 있지 못하다는 것을 의미합니다.

저는 석가모니 부처님을 스승으로 모시고,
그분의 가르침을 따르고자 하며,
또한 예수님을 사랑하고,
그분의 가르침 또한 따르고자 합니다.

이것이 왜 서로 '모순'입니까?
이게 왜 둘 중에 하나를 선택해야 하는 그런 문제입니까?
불교도 좋아하고, 기독교도 좋아할 수 있는 것이지,

왜 꼭 '하나만' 골라야 하느냐 이 말입니다.
'수학'이나 '물리'나, 알고 보면 그게 그거 아니겠습니까?

정말이지, 두 성인의 말씀은 똑같습니다.
두 분 말씀의 핵심은

'인과의 법칙'입니다.

뿌린 대로 거두리라.
콩 심은 데 콩 나고, 팥 심은 데 팥 난다.
세상에 공짜는 없다.
선인선과 악인악과善因善果 惡因惡果
세상 모든 일에는 원인이 있다는 말입니다.

성공에도, 실패에도, 사랑에도, 미움에도, 건강에도, 질병에도…
'우연이 없다'는 말입니다.

인과의 법칙.
이것 하나만 '진짜 제대로' 이해할 수 있다면,
그 사람은 결국, 바로 설 수밖에 없습니다.
그 사람은 결국, '주인'이 될 수밖에 없습니다.
그 사람은 결국, '성장'할 수밖에 없습니다.
그 사람은 결국, '성공'할 수밖에 없습니다.

지금 사람들이 괴로워하는 모든 것들은 어찌 보면,
이 '인과의 법칙'을 잘 안 믿기 때문입니다.
이 '인과의 법칙'을 제대로 모르기 때문입니다.
부끄럽지만, 이 책을 쓰고 있는 저 자신조차도,
문득문득 이 '인과의 법칙'을 간과하고,
'이거 하나 정도는 괜찮겠지? 이건 뭐 사소한 일이니까'
하는 마음이 올라오는 것이 사실입니다.
히지만, 시소한 일은 시소한 대로,
다 나름의 '결과'가 있습니다.

내가 남들을 위하는 마음을 내는 만큼,
내가 남들에게 '사랑'을 받게 됩니다.
내가 남들의 생활을 더 편하게, 더 좋게, 해주는 만큼,
내가 '돈'을 벌게 됩니다.
내가 남들을 존중해주는 만큼, 내가 '존중'을 받게 됩니다.
이 법칙은 틀릴 수가 없습니다.

제 지인분 중에, 인생이 힘들고 고달프다고 하는 사람이
몇 명 있었습니다. 그래서 제가 물어봤습니다.

"당신은 이 세상에서 누구를 제일 사랑하세요? 누가 제일 좋아요?"

대답이 하나같이 똑같았습니다.

사랑하는 사람이 없답니다.

자식도, 배우자도, 형제도, 부모도, 친구도, 직장동료도.

'본인이' 사랑하는 사람이 아무도 없답니다.

저는 '누가 당신을 제일 사랑하는지'를 물어본 것이 아닙니다.

저는 '당신이' 누구를 제일 사랑하는지를 물어보았습니다.

그런데 하나같이 대답이 똑같았다는 것입니다.

그걸 보면서 다시 한번 확인했습니다.

'아… 주는 것이 받는 것이 맞구나.'

내가 아무도 사랑해 주지 않는데, 누가 나를 사랑해 주겠습니까?

그래 놓고 누구를 원망합니까?

신을 원망합니까? 배우자를 원망합니까?

인과법 – '주는 것이 곧, 받는 것이다'

주니까, 받지요.

받았으니, 줘야지요.

노력했으니 성공하지요.

성공 안 하던데요?

그 말이 '노력을 안 했다'는 말입니다.
지금 말장난하세요?

제가 지금 '말장난'한다 생각하시는 분은…
죄송하지만 아직 '때'가 아닙니다.
진짜 고생을 해보신 분이라면,
나름 삶에 대해 진지한 '고민'을 해보신 분이라면,
이제는 아실 것입니다.

아~ 진짜 인생이 그 원리로 돌아가는 건가?
하는 '의심'이라도 드는 것이 정상입니다.

인과법(도미노), 연기법(거미줄) 이것은 진리 중의 '진리'입니다.

다음의 세 가지를 반드시 기억하십시오.

1. 모든 일에는 원인이 있다. 마치 도미노처럼.
2. 지금의 도미노를 넘기지 못하겠으면 그 앞 도미노를 살펴본다.
3. 그 앞 도미노는 하나가 아니다. 마치 거미줄처럼.

세상은 모두 '연결'되어 있습니다.
여러분의 의식과 저의 의식 또한 '연결'되어 있습니다.

그래서 '동시성'이라는 '우연'이 계속 나타나는 것입니다.

내가 생각하는 아이디어를, 배우자도 생각해 낸다거나,

친구를 생각하는데, 그 순간에 그 친구에게 전화가 온다거나,

그런 것들이 다 우연이 아닙니다.

그것은 '나의 의식'과 이 세상이 '연결'되어 있다는 증거입니다.

내가 생각하던 것이, 주변 지인분들을 통해 내 손으로 들어올 때,

그것이 우연이 아니란 말입니다.

그것이 바로 '동시성'이고,

서로 '연결'되어 있다는 증거이고,

하나님께서 나와 항상 '함께'하고 계시다는 증거이고,

내가 늘 '사랑'받고 있다는 증거입니다.

내가 이 세상을 '창조'하고 있다는 증거입니다.

인과의 법칙.
이것 하나만 '진짜 제대로' 이해할 수 있다면,
그 사람은 결국, 바로 설 수밖에 없습니다.
그 사람은 결국, '주인'이 될 수밖에 없습니다.
그 사람은 결국, '성장'할 수밖에 없습니다.
그 사람은 결국, '성공'할 수밖에 없습니다.

인과법(연기법)을 알아야 하는 이유

인과법(연기법)은 잘잘못을 가리기 위한 가르침이 아닙니다.

'네가 지금 받는 고통, 이게 다 네 탓이야. 알겠니?'

이렇게 여러분을 스스로 비난하기 위한 가르침이 아닙니다.

지난 과오의 근본 원인.

그 진짜 원인을 알아야, 같은 괴로움을 당하지 않습니다.

내가 지금 겪고 있는 모든 괴로움의 근원이

'나'로 인해 비롯된 것임을 명확하게 알고,

또 그것을 인정해야

그때부터 내가 내 인생을 '책임지고'

안전한 곳으로 운전을 해나가기 시작하는 것입니다.

제가 인과법을 이야기하는 것은 절대 여러분들 스스로를 비난하기 위한 목적이 아닙니다. 여러분들을 여러분들 스스로의 힘으로, 괴로움에서 벗어날 수 있게 도와주고 싶은 것입니다. 여러분 본인 각자에게, 그 괴로움에서 벗어날 수 있는 '힘'이 있다는 것. 그리고 벗어나는 '방법'이 있다는 것. 그것을 알려드리려 하는 것입니다.

지금 혹시라도 배우자가 괘씸해서, 부모님이 괘씸해서, 지금 내 행복을 희생해 가면서까지 상대를 괴롭히고 있지는 않으십니까? 상대방에게 통쾌한 말 한마디, 날카로운 복수의 말 한마디 탁 뱉어놓고 '고소해하고' 있지는 않으십니까? 그러면서 그가 나를 사랑해 주길 바라고 있지는 않으십니까?

내가 주변 사람을 '사랑'하지 않고
내가 주변 사람을 '용서'하지 않고
내가 어찌 사랑받고, 용서받길 원하십니까?

본인은 거짓말하고 사기 치면서,
남들이 거짓말하고 사기 치면 욕하고 비난하고,
본인은 섹스, 도박, 음식을 탐닉하면서,
상대가 그러면 짐승 보듯 멸시하고,
본인은 위로받고 싶고, 이해받고 싶고, 공감받고 싶으면서,
상대의 이야기는 들어주지도 않고, 이해하려고 하지도 않고,

그러고 있지는 않으십니까?
성경 말씀에 이르시길…

무엇이든지 남에게 대접을 받고자 하는 대로
너희도 남을 대접하여라
너희가 남을 비판하는 그 비판으로 너희가 비판받을 것이요,
너희가 헤아리는 그 헤아림으로 너희가 헤아림을 받을 것이다.
하셨습니다. 이 말씀을 곰곰이 곱씹어 보시기 바랍니다.

인과법(연기법).
이 작은 가르침 하나가
미래에 여러분들이 겪었어야 할 엄청난 고통을
얼마나 크게 줄여줄 수 있는지를 진짜 아시게 되면,
어느 순간, 너무나도 감사해서
크게 눈물을 흘리게 되실지도 모르겠습니다.

하늘은 '짓지 않은' 복을 내리지 않습니다

天不降不作之福 人不受不作之罪
천불강부작지복 인불수부작지죄
하늘은 짓지 않은 복을 내리지 않고
사람은 짓지 않은 죄를 받지 않는다 (원불교 정산종사 법어)

저는 이 말씀이 맞다고 생각합니다. 내가 먼저 성공하는 원인을
짓고, 노력과 땀을 '선불'로 일정 기간 동안 꾸준히 납부하면, '성공'
이라는 결실을 '후불'로 받게 되는 것 같습니다. '복의 원인'을 지어
야 복을 받을 수 있는 것입니다. 기다린다고 복이 오는 것이 아니라,
복의 '씨앗'을 뿌려야 복을 수확할 수 있다는 말입니다.

죄 또한 '짓지 않은 죄'는 받지 않습니다. 그러니, 마음이 바른 사람은 두려워할 이유가 없습니다. 마음이 바른 사람에게 '천벌'은 내려질 수가 없습니다. 그것은 불가능합니다. 죄를 짓지 않는 사람은, 그러니 마음이 위축될 이유가 하나도 없습니다. 나의 마음, 나의 말, 나의 행동만 바르게 하면, '천하무적'이 되는 것입니다. 내가 나에게 떳떳하게 되면, 세상 그 누구도 나를 함부로 대하지 못합니다.

반면 평소에 늘 사기를 쳐온 사람들은, 안타깝습니다만, 과거 내가 지은 과보를 피할 길이 없습니다. 착한 사람들 사이에서만 살아보려고, 아무리 '이사'를 가고, '전학'을 가고, 모임을 바꾸고, 발버둥 쳐봐도, 그는 결국 다른 누군가에게 '사기'를 당하게 되어있습니다. '배신'을 당하게 되어있습니다. 참 신기하게도 세상은 진짜 그렇게 돌아가는 것 같습니다.

'칼'로 흥한 자, '칼'로 망하고
'계략'으로 흥한 자, '계략'으로 망하는 이치가
참으로 놀랍고도 무섭습니다.

사람들이 이 '인과'를 확실하게 알게 되면,
그때부터 그 사람은 '악행'을 저지르기가 힘들어집니다.
저절로 '브레이크'가 걸리게 되어있습니다.
그래서 '연기법을 아는 것'이 바로 하나님의 '선물'입니다.

하늘은 짓지 않은 복을 내리지 않고
사람은 짓지 않은 죄를 받지 않습니다.

CHAPTER 2.

인과법의 작동 원리

미시적 우연, 거시적 필연

세상에는 '노력하는 사람'과 '게으른 사람'이 있습니다.
다른 조건이 다 같다는 가정하에서,
노력하는 사람은 '반드시' 게으른 사람에 비해서
더 성공하게 되는 것일까요?
아니면, 노력해도 성공하지 않을 수 있는 것일까요?

카지노를 예로 설명을 해보겠습니다.

실제 카지노에 가서 게임을 한다고 가정을 해봅시다. '한 게임'을
했을 때, 내가 이길 확률이 49.5%, 카지노가 이길 확률이 50.5%
이런 식으로 카지노와 나의 승률 차이가 거의 1% 정도밖에 차이가
나지 않는다는 사실을 혹시 알고 계십니까?

그런데 왜 사람들은 카지노에 가기만 하면
'매번' 돈을 다 잃고 오는 것일까요?

그것은 바로 게임을 '반복'해서 하기 때문입니다.
'1% 차이'가 계속 '반복'이 되어
결국 플레이어는 '필연적'으로 빈털터리가 되어버리는 것입니다.
이것이 바로 '미시적 우연, 거시적 필연'입니다.

'한 번의 게임'을 이기고 지는 것은 '우연'이 맞습니다.
거의 승률이 '반반'인 것이나 마찬가지니까요.
하지만 그것이 '반복'되면,
'우연'이 아니라 '필연'이 되어버린다는 것입니다.

스타크래프트 게임도 그렇고, 바둑, 체스, 인생이
다 이와 같은 원리입니다.
소규모 전투에서는, 이기고 지고, 이기고 지고 할 수 있습니다.
하지만 '길게' 한번 봅시다.
그렇게 되면, 그 '약간의 실력 차이' 때문에,

두 플레이어 간의 '사소한 격차'가 점점 더 벌어지게 되고,
'빈익빈 부익부'가 되지요.
그것이 나중에는 승패를 '되돌릴 수 없게' 만들어 버리는 것입니다.
그렇게 해서 승자와 패자가 '필연적'으로 갈리게 된다는 말입니다.

주변 사람들에게 '신용'을 얻은 사람은
'경제적 여유'를 얻을 수 있고,
경제적으로 여유가 있는 사람은 '책'을 볼 수 있고,
책을 보는 사람은 '생각'을 하게 되고,
생각을 하는 사람은 '인과'를 알게 되고,
인과를 아는 사람은 능동적으로
나에게 '필요한 것'들을 찾을 줄 알게 됩니다.
나에게 필요한 것들을 가지게 되면 '효율'이 좋아집니다.
효율이 좋아지니 '아주 큰 성공'을 할 수 있는 것입니다.
'아주 큰 성공'은 절대 '우연히' 주어지는 법이 없습니다.
가위바위보를 10판 내리 이길 수는 없지 않습니까?

철저히 긴 시간 동안 차근차근 준비해서
'반드시' 성공할 수밖에 없게 준비해야
큰 성공이 이루어지는 법입니다.
그래야 그 성공을 계속 유지할 수 있는 법입니다.

'미시적 우연, 거시적 필연'

이 원리에 의해서,

노력한 자는 '필연적으로' 성공을 할 수밖에 없고,

게으름을 피운 자는 '필연적으로' 실패할 수밖에 없습니다.

재물도, 건강도, 인간관계도 이치가 똑같습니다.

소식하고 운동하면 '필연적으로' 건강해질 수밖에 없습니다.

'더불어' 잘살려고 하는 사람 주변에는,

사람들이 모여들 수밖에 없습니다.

그게 다 우연이 아니란 말입니다.

　자동차 운전을 할 때 핸드폰을 자꾸 보는 분들이 있습니다. 사실, 운전을 잘하는 분들은 곁눈으로 핸드폰을 보면서도 운전을 잘합니다. 저도 압니다. 그런데 말입니다. 어느 날 그 운전자가 잠시 핸드폰에 한눈을 팔다가 사고를 내버렸다고 칩시다. 그럼 그때 그 운전자의 친구가 이렇게 이야기할 수 있지 않을까요?

"야. 너 맨날 핸드폰 보며 운전하더니, 내 언젠가 그럴 줄 알았다"

이 말이 무슨 말인지 이해하셨습니까?

이게 바로 '미시적 우연, 거시적 필연'이라는 것입니다.

운전자는 억울해하겠지요. '야. 오늘 운이 나빠서, 사고가 났어' 이렇게 생각을 할 것입니다. 하지만 한 발 떨어져서, 그를 지켜보면 알게 됩니다. 그것이 우연이 아니었음을….

언제 일어나도 일어날 일이 그냥 '오늘' 일어났을 뿐입니다.

'인품이 좋은 사람' 주변에는, 다들 그 사람이 '잘되기'를 바라는 사람들로 가득합니다. 그러다 보니, 간혹 부동산 정보에 빠른 사람이 나타나서, 이 사람에게 좋은 매물을 소개해 주거나, 투자 조언을 해줄 가능성이 더 높습니다. 경기가 확 가라앉아 있을 때, 부동산 매수 타이밍을 알려주고, 특정 건물을 사라고 추천해 줄 가능성도 더 높습니다. 거기서 '1%의 확률 차이'가 나는 것입니다.

카지노도 49.5% vs 50.5%. 단 1%의 차이로 승자와 패자가 결정 나듯이. 주변에 '좋은 인연'이 많다는 것. 이 작은 차이도 시간이 지나면서, 엄청난 재테크 결과의 차이를 '필연적으로' 가져오는 것입니다. 이와 같은 원리에 의해서, 노력하는 사람은 '반드시' 성공하게 되어있습니다.

오랜 시간 노력했는데도 성공을 못 했다는 것은
둘 중 하나입니다.
노력을 안 했거나.
성공하지 못하게 하는, 다른 더 큰 요인이 있거나.
원인이 있으면, 결과는 반드시 있기 마련입니다.

이러한 이유로
노력하는 사람, 친절한 사람, 배려할 줄 아는 사람,
약속을 잘 지키는 사람, 언행일치가 되는 사람 등등.
그 사소한 1%의 차이가
모두 '필연적으로' 성공의 밑거름이 되어 주는 것입니다.
크게 보면 '성공의 원인'을 짓는 사람은 늘 성공하게 되어있습니다.
어떤 일의 원인을 짓는 것은,
곧 그 결과를 만드는 것과 같기 때문입니다.

인과를 볼 때, 시야를 '좁게' 보면 인과를 볼 수가 없습니다.
인과는 시야를 '크게' 봐야 볼 수가 있습니다.

시험 문제에 '어떤 문제'가 나오느냐에 따라
누군가에게는 유리하고, 또 누군가에게는 불리할 수가 있습니다.
하지만 '공부 잘하는 애들'은
어떤 문제가 나오든 간에 '늘' 우수한 성적을 거둡니다.

한 문제, 한 문제를 보면 우연인 요소가 있지만,
여러 문제를 한꺼번에 놓고 보게 되면,
그 성적은 우연이 아니란 말입니다.

지구 '안'에서는, 치고받고 싸우고, '혼돈의 세계'이지만
지구 '밖'에서 '별'들은, '일정하게' 정해진 궤도를 돌고 있습니다.
언제 일식이 일어날지, 언제 월식이 일어날지.
정확한 '예측'이 가능합니다.

작게 보면 '혼돈'이지만, 크게 보면 '질서 정연'합니다.
좁게 보면 '우연'이지만, 넓게 보면 '우연은 없습니다'

지구가 정해진 궤도를 돌 듯
사람의 운명도 '크게 보면'

정해진 시간에,
정해진 인연을 만나고
정해진 성장을 하는 것이 아닌가 생각을 해봅니다.

그런 면에서 보면 '사주역학'이라는 학문도
무시할 것이 안 되겠구나 하는 생각이 듭니다.
크게 보면 크게 볼수록 우연은 없으니까요.

1%의 확률 차이를 무시하면 안 됩니다

49.5%와 50.5%. 그 미세한 1% 확률의 차이를 간파할 수 있는 사람은 '직관력'이 센 사람입니다. 카지노는 단 1%의 차이로 '필승' 한다고 앞에서 설명을 드렸습니다.

저는 여기서 0.1~1%짜리 요인 몇 가지를 더 알려드리려 합니다.

관상	기도의 힘
집터	확언
이름	필사
사주	플라시보 효과 (믿음의 힘)

관상이 좋다고 다 성공하는 것은 아닙니다.

집터가 좋다고 다 성공하는 것도 아닙니다.

이름이 좋다고 다 잘 사는 것도 아닙니다.

사주가 좋다고 다 인생이 편한 것도 아닙니다.

기도한다고 일이 다 성취되는 것도 아닙니다.

나의 꿈을 한 문장으로 만들어, 확언한다고

그 꿈을 다 이루는 것도 아닙니다.

나의 꿈을 필사한다고 그것이 반드시 이루어지는 것도 아닙니다.

좋은 약이라고 '믿는다고' 해서

그 약이 다 약효가 나타나는 것도 아닙니다. (플라시보 효과)

하지만 여러분. 저는 분명 이것들이 50:50은 아니라 생각합니다.

50.1:49.9 미세하지만 0.1% 정도의 차이는 만든다고 생각합니다.

50:50이 아니라면, 그것은 우리가 정확한 인과관계를 몰라서 그렇지, 어떤 경로를 통해서든 분명 '영향을 주고 있다'는 뜻입니다.

저는 치과에서 환자분들을 많이 상대하다 보니, 경험적으로, '관상'이 사람의 운명과 약간의 '상관관계'가 있다는 것을 알게 되었습니다. 마음의 모양인 '표정'이 굳어서 만들어지는 것이 '관상'이다 보니 어찌 보면 당연한 것 아니겠습니까? '나이 40이 되면 관상에 책임을 져야 한다'는 말도 있지 않습니까?

'집터' 또한 그 사람의 건강, 재물운, 부부 애정에 약간의 영향력을 미친다는 것도 알게 되었습니다. 햇빛이 잘 들어오는가 안 들어오는가? 환기가 잘 되는가 안 되는가? 습기는 적당한가? 이런 것들이 '건강'에 영향을 미치게 되고, 건강이 곧 '기분'에 영향을 미치며, 기분이 곧 '부부 애정'에도 '재물운'에도 영향을 미칠 수 있게 되는 것입니다.

'이름'도 마찬가지입니다. 이름은 '가장 짧은 주문'이라 했습니다. 자식 이름을 '개똥이'라고 지어서, 늘 '개똥이'라고 부르면 그 아이에게 '자존감'이란 것이 생기겠습니까? 자존감 낮은 사람이 큰일을 할 수가 있겠습니까?

이런 식으로 그 한 가지 항목이 10%, 20% 이렇게 큰 영향력을 끼치는 것이 아닙니다. 0.1% 혹은 0.01%, 정말 '미세한 영향'을 주는 것입니다. 하지만 그 미세한 차이가 '반복적'으로 영향을 주고, 그 결과가 또 다른 결과에 영향을 주고, 그렇게 눈덩이처럼 구르고 굴러서, 종국에는 '큰 격차'가 벌어지는 것입니다.

그러니 제가 위에서 알려드린 여러 가지 항목들.
그런 '미세한 요인들(기도, 확언, 믿음)'을 무시해서는 안 됩니다.
짧게 보면 영향력이 미미하지만,
길게 보면 그 영향력이 '미미하다고' 할 수 없습니다.

매 선택마다 '나만을' 위한 선택을 하는 사람과
매 선택마다 '더불어' 살아가는 선택을 하는 사람

일 처리마다 '마무리'를 깔끔하게 맺는 사람과
일 처리마다 '마무리'를 얼렁뚱땅 넘겨버리는 사람

이 1%, 2%의 작은 차이 역시, 종국에 가서는
인생에 크나큰 차이를 가져올 것입니다.
명심하십시오. '확률 1%의 차이'는 결코 작은 차이가 아닙니다.

이 미묘한 차이가 결국에
'크나큰 차이로' 벌어지기 때문에,
'세상에 우연이 없다'는 것입니다.
그래서 내 '마음가짐'이 결국
'인생의 승패'를 결정한다고 하는 것입니다.

'인과의 법칙을 안다는 것'이 이래서 중요합니다.
인과를 '진짜' 알게 되면, '저절로' 노력하게 되어있습니다.
'노력하는 것'이 곧 '성공'을 보장해 주니까요.
세상에 공짜가 없듯이, 세상에 헛수고 또한 없습니다.
모든 시행착오는 성공의 밑거름이 됩니다.
그러니 실패를 두려워 마시고 노력하십시오.
그러면 반드시 언젠가 성공하게 되어있습니다.

행운이 '반복'되면 그것은 '우연'이 아닙니다

살다 보면, 주변에 '운이 참 좋은 사람'이 있습니다. 뭘 해도 희한하게 잘 풀리는 사람이 있습니다. 그런 사람은 아파트를 사도 때마침 경기가 풀려서 집값이 오르고, 주식을 사도 신기하게 때마침 그 회사가 잘 풀리고, 이사를 가면 그 일대가 재개발되고, 땅을 사면 그 옆으로 도로가 납니다.

그런 사람은 어딜 가든, 또 주변에 '좋은 인연'들이 많이 있습니다. 그래서 주변 사람들 '덕'을 보는 경우가 많습니다.

'이거 한번 도와줘 봐라' 해서 도와주다가,

나중에 그게 자신의 '사업'으로 이어지고,

'이 사람 한번 만나봐라' 해서 만났다가,

그게 또 '배우자'가 되고, '사업 파트너'가 됩니다.

'이 책 한번 읽어봐라' 해서 읽었는데,

그게 또 그 사람의 '인생 책'이 되곤 합니다.

저는 '이런 현상'에 대해 곰곰이 생각해 본 적이 있습니다.

'저것이 다 단순히 우연인가?'

하는 의문을 가졌었고, 오랜 고민 끝에 결론을 내렸습니다.

'저건 우연이 아니라, 필연必然이다' 라고요.

생각을 해보십시오. 뭔가가 50:50의 확률로 일어나지 않고, 60:40의 확률처럼 계속 한쪽으로 '쏠림' 현상이 '반복'해서 일어난다면, 거기엔 내가 알지 못하는 '어떤 힘'이 작용하고 있는 것입니다. 내가 원인을 몰라서 그렇지. '원인이 있다'는 말입니다. 그러니까 '계속해서' 그런 현상이 일어나는 것입니다. 이 말을 이해하는 것은 굉장히 중요합니다.

너무 중요해서, 다시 말씀드립니다. 뭔가가 50:50의 확률로 일어나지 않고, 60:40의 확률처럼 계속 한쪽으로 '쏠림' 현상이 '반복'해서 일어난다면, 거기엔 내가 알지 못하는 '어떤 힘'이 작용하고 있다는 뜻입니다. 내가 원인을 몰라서 그렇지. '원인이 있다'는 말입니다. 원인을 오랫동안 곰곰이 생각해 보면, 대부분의 경우, 우리는 그 원인을 유추해 볼 수 있습니다.

주식을 하는 족족 '손해'를 보는 사람,
그것은 그 사람이 계속 운이 나빠서 그런 일을 당하는 것이 아닙니다. 그런 사람은 '탐욕'이 너무 지나치거나, '귀가 얇은' 사람입니다. 혹은 자신만의 투자철학이 없는 사람입니다. 그 사람은 '그날의 기분'에 따라 이쪽으로 확 쏠렸다가, 저쪽으로 확 쏠렸다가 하는 사람입니다. 그래서 그 사람이 주식투자에 계속 실패를 해 왔던 것입니다.

어느 모임을 가든, 적敵이 많은 사람.
그런 사람 역시 매번 운이 나빠서 그런 것이 아닙니다. 그런 사람은 '자신을 올바르게 바라보지 못하는 사람'입니다. '옳고 그름-시시비비'를 너무 따지는 사람입니다. 자기 자신에게는 후하고, 남에게는 엄격한, 이중잣대를 쓰는 사람, '내로남불'하는 사람입니다. 그래서 남들이 그 사람을 싫어하는 것입니다. 본인만 그 이유를 모르는 것뿐입니다.

어떤 일을 해도, 사업적으로, '일이 잘 풀리는' 사람.

그런 사람은 매번 운이 좋아서 그렇게 일이 잘 풀리는 것이 아닙니다. 그런 사람은 '선을 잘 지키는 사람'입니다. 자기가 넘지 말아야 하는 선. 어기지 말아야 하는 선. 약속했으면, 마감 날짜까지 '약속'을 지키는 사람입니다. 이런 사람은 비록 나쁜 일을 해도, 넘지 않는 자기만의 '선'이 있으며, 나쁜 말을 해도 넘지 않는 본인만의 '선'이 있습니다. 그러니 그만큼 '신용'을 얻는 것입니다. 신용이 있으니, 사업이 잘되는 것입니다. 돈은 사실 '신용'이거든요.

내 주변에 일어나는 모든 일은 내가 어떤 '요인'을 가지고 있기 때문에 일어납니다. 제 말에 수긍이 안 가신다면, 본인을 보지 마시고, '주변 사람'들을 보십시오. 친구들, 가족들, 직장동료들, 연예인들. 등등. 한 사람, 한 사람의 인생을 '길게' 쭉 펼쳐놓고 살펴보십시오.

'아 저 사람은 평소에 저런 마음가짐을 가지고 살더니, 저렇게 되었고, 그래서 그때 저런 일을 당했고, 그래서 저렇게 된 것이구나. 저 사람이 예전에 주변 사람들에게 그렇게 했으니, 주변 사람들이 저 사람에게 저렇게 하는 것이구나. 그래서 저 사람이 지금 저런 사회적 지위, 경제적 부를 가지고 살아가는 것이구나'

'그럴 만하구나'

하는 것을 알 수 있습니다.

주변에 '행운이 있는 사람'이 있다면, 그 사람을 잘 분석해 보십시오. '저 사람은 왜 행운이 있는 것일까?' 그 행운의 요소를 찾아보십시오. '행운의 요소'는 반드시 있습니다.

'공손한 말투'가 원인일 수도 있고, 남을 배려하는 '배려심'이 원인일 수도 있고, '절제하는 생활 자세'가 원인일 수도 있습니다. 그것이 무엇이 되었든, 원인이 없을 수는 없습니다. 원인을 찾으려고 노력을 해보시면, 그제야 원인들이 눈에 들어오기 시작할 것입니다.

잘되는 음식점에는 다 '잘되는 이유'가 있습니다.
안되는 음식점에는 다 '안되는 이유'가 있습니다.

진짜 이 말이 진리입니다.

뭔가가 50:50의 확률로 일어나지 않고,
60:40의 확률처럼 계속 한쪽으로
'쏠림' 현상이 '반복'해서 일어난다면,
거기엔 내가 알지 못하는
'어떤 힘'이 작용하고 있다는 뜻입니다.
내가 원인을 몰라서 그렇지. '원인이 있다'는 말입니다.

행운의 요인을 훔치십시오

'행운의 요인을 훔치십시오' 그것을 내 것으로 만드십시오.

'운이 좋은 사람'을 분석해서 그 사람이 가지고 있는
'행운을 부르는 요소'를 찾고, 그것을 그대로 따라 해보십시오

'부부 사이가 좋은 사람'을 분석해서 그 부부가 가지고 있는
'화목을 부르는 요소'를 찾고, 그것을 그대로 훔치십시오.

'손님이 넘쳐나는 식당'을 분석해서 그 식당이 가지고 있는
영업 노하우를 찾아내고, 그것을 그대로 훔치십시오.
'나긋나긋한 말투'가 그 요인이라면 그 '말투'를 훔치시고,

'웃는 얼굴'이 행운의 요인이라 생각되면 그 '웃는 얼굴'을 훔치시고,
'책 읽는 습관'이 행운의 요인이라 생각되면
그 '책 읽는 습관'을 훔치시고,
'운동하는 습관'이 그 요인이라 생각되면,
그 '운동하는 습관'을 훔치십시오.
'깨끗한 주변 환경'이 그 요인이라 생각되면,
'주변을 깨끗이 정리하는 습관'을 훔치십시오.

이런 '훔치는 행동'에는 처벌이 없습니다. 마음껏 훔치십시오.
성공한 사람들은 다 다른 성공한 사람들의
좋은 점을 '잘 훔친' 사람들입니다.

그것을 훔쳐서 내가 장착하면, 그 성공한 사람과 '똑같은 인생'이
나에게도 펼쳐지게 됩니다. 막상 훔쳐보면, 생각보다 '훔칠 것이 몇
개 안 된다'는 사실에 놀라실 것입니다. '성공의 공식'은 생각보다
'심플'합니다. 진리는 생각보다 단순합니다. 복잡하면 그것은 진리가
아닙니다.

그렇게 '행운의 요인'을 하나씩 나에게 장착하다 보면, '행운'이 내
인생에서 조금씩 늘어나기 시작합니다. 그때 알아차리십시오.

'아~ 진짜 행운은 우연이 아니구나….'
하는 것을요. 그리고 그대로 쭉 이어 나가십시오.

여러분의 인생에 '행운의 비율'이 계속 높아질 것입니다.
그러면서 알게 됩니다.

'아… 인과법을 알게 되는 이 작은 차이가
인생을 이렇게 바꿔놓을 수도 있는 것이구나.'

'이래서 인과법이 중요하구나.
인과법이 모든 진리의 시작이자 끝이 맞구나.'
하는 것을요.

인과법을 알게 되면, '정말' 알게 되면,
내 인생의 모든 방면에 걸쳐, 변화가 생깁니다.
먹는 것, 잠자는 것, 화내는 것,
남을 대하는 태도, 돈을 대하는 태도 등등
삶의 모든 것을 대하는 태도가 달라집니다.
그러면서 인생이 바뀌기 시작합니다.
운명이 바뀝니다.
여러분도 시작해 보십시오.
그 시작은 '인과'를 아는 것에서부터 시작합니다.

인과는 "시야를 넓게" 해야만 보입니다.
시야를 좁게 해서는 절대 인과를 보지 못합니다.

넓은 시야를 가지십시오.
그러면 보입니다.
그러면 아시게 될 것입니다.
이 우주 전체에 '인과'가 자명하게 작동되고 있음을.

재물도, 건강도, 인맥도
다 그럴 만한 원인이 있음을 알게 됩니다.

기뻐하십시오.
'원인이 있다'는 것은
'해결책 역시 있다'는 뜻입니다.

하늘의 뜻이란 있을까요?

저는 예전에 아토피로 몸이 심하게 가려울 때, 디톡스는 하지 않고, 아무런 대책 없이 무작정 약만 끊은 적이 있었습니다. 단순히 '약이 나쁘다'는 이야기를 듣고 그렇게 했던 것 같습니다. 그런데 저처럼 이렇게 어설프게 자연치유를 하게 되면, 사람을 잡게 됩니다. 제가 한때 그렇게 무모했었습니다. 그만큼 '절박'했었으니까요.

스테로이드가 나쁘다는 걸 깨우치고 나서, 탈-스테로이드(몸속에서 스테로이드 성분을 다 배출하는 것)를 실천한답시고, 엄청 가려운데도 불구하고, 막무가내로 모든 피부과 약을 끊었던 것입니다. 정말 괴로웠습니다.

피부에 진물이 나고, 피부가 뒤집어지고, 각질이 온 바닥에 나뒹굴고, 이불에 피가 막 묻어나고, 난리도 아니었습니다. 잠자는 시간이 정말 '생지옥'이었습니다.

그러다 그때 '하나님의 선물'을 받았습니다.
하나님의 선물을 저는 '아버지의 손'을 통해 받았습니다.
아버지께서 '아토피, 디톡스가 답이다'라는 책을
'그때' 저에게 주셨습니다.

저는 그 책에서 '구원'을 얻었습니다.
아토피의 약점(소금물 반신욕)을 알아낸 것입니다.
그 책은 제가 그토록 '찾던 책'이었습니다.

그런데 이 일을 확률로 계산하면 얼마가 나오겠습니까?
'이 타이밍에', '이 책이', '아버지의 손을 통해',
'저에게' 오는 확률이…

1/100,000 확률의 일이 일어났을 때
사람들의 반응은 두 가지입니다.

1. 이것은 '우연'이다.
2. 이것은 우연이라고 하기엔 말이 안 된다.
누군가의 '강력한 의지'가 있음이 틀림없다.

저는 2번 부류의 사람입니다.

'말도 안 되는 낮은 확률의 사건'이 계속 반복해서 일어나면,

저는 본능적으로 그것이, '하늘의 뜻'임을 알게 됩니다.

우연은 한 번으로 족합니다. 우연이 '반복'되면,

그것에 어떤 '의도'가 들어있다고 보는 것이 더 '현명한 추론'입니다.

저는 살면서 말도 안 되는 '우연'을 너무 많이 접했습니다.

"그분께서 정말 나의 일거수일투족

모두 지켜보고 계시는 것은 아닐까?"라며

저는 점점 더 하늘의 뜻이 있지 않을까 '의심'하게 되었습니다.

그래. 지금까지 '이미 일어난' 우연은 '우연'이라고 치자.

하지만 지금 현 시각 이후로도, 우연이 계속 '반복'된다면

나는 그것이 우연이 아님을 강력하게 '의심'할 것이다.

그럼에도 우연이 계속 '반복'된다면, 나는 '확신'할 것이다.

하늘의 뜻이 있음을.

저는 그 이후로도 계속 '실험'했고, 결국 저는 '확신'을 얻었습니다.

아~ 하늘의 뜻이란 것이 진짜 있구나

나는 혼자가 아니었구나

항상 그분이 도와주고 계셨구나

하나님은 제가 '연기법'을 이해하고,
제가 스스로 '인생의 고통'에서 '벗어나는 법'을
깨우치길 원하셨던 것입니다.
그리고 더 나아가, '그 가르침'을 많은 사람들에게 전해서,
최대한 많은 사람들이 괴로움으로부터
함께 '벗어나길' 바라셨던 것입니다.

'때'가 무르익은 분들이 분명히 있으리라 봅니다.
제가 조금만 톡 건드리면
'그래 내 생각이 바로 이거였어'
하실 분들이 분명 있으리라 생각됩니다.

그런 분들에게 '인과법(연기법)'을 알게 함으로써,
'고통의 순환 고리'에서 각자 '스스로' 빠져나오게 하는 것.
그것이 바로 '그분의 뜻'이었습니다.

저는 제가 받은 이 크나큰 선물을
많은 사람들에게 나눠드리고 싶습니다.
그러니 인연되는 분들은 이번 기회에
꼭 선물을 챙겨가시기 바랍니다.

만약, 이 책으로 인해,

여러분들이 조금이라도 느끼시는 바가 있다면,

그것은 하나님께서 주시는 선물입니다.

'본질'을 보셔야 합니다.

아버지께서 주신 디톡스 책이, 하나님께서 주신 선물이듯.

이 책 또한 제가 드리는 것이 아니고,

하나님께서 여러분께 드리는 선물입니다.

저는 '메신저(배달원) - 허상'일 뿐입니다.

우연은 한 번으로 족합니다. 우연이 '반복'되면,
그것에 어떤 '의도'가 들어있다고 보는 것이
더 '현명한 추론'입니다.

내 주변 사람들은 모두 나의 거울입니다

좋은 사람 주변에는, 좋은 사람들이 가득합니다.
나쁜 사람 주변에는, 나쁜 사람들이 가득합니다.
건강한 사람 주변에는, 건강한 사람들이 가득합니다.
남을 탓하는 사람 주변에는, 남을 탓하는 사람들이 가득합니다.
내 주변 사람들이 다 나의 '거울'이라서 그렇습니다.

내 주변에 이기적인 사람들이 많이 나타나면,
그때 알아차려야 합니다.
'아 내가 이기적이구나'

"야 너는 왜 그렇게 이기적이니?"
라는 말이 '나의 입'에서 나올 때 다시 한번 알아차려야 합니다.
'아, 내가 진짜 이기적인 모양이구나'

"야, 고집 좀 부리지 마라. 너 완전 똥고집이네"
라는 말이 '나의 입'에서 나올 때 알아차리십시오.
당신은 똥고집일 확률이 매우 높습니다.

"야, 너는 정말 이율배반적이다. 완전 내로남불의 끝판왕이네"
"왜 이때는 이렇게 이야기하고, 왜 저 때는 저렇게 이야기하니?"
라는 말이 '나의 입'에서 나올 때 알아차리십시오.
당신은 이율배반적일 확률이 굉장히 높습니다.

남에게 하는 '나의 말'을 그대로 '나에게도' 적용하십시오.
그것은 하나님께서 '나에게' 해주시는 조언입니다.
나의 입에서 나온 말이기에, 부정할 수도 없게 만드신 것입니다.
빼도 박도 못하게, '인정할 수밖에 없게' 만드신 것입니다.

소매치기 주변엔 다 소매치기뿐이고
치과의사 주변에는 온통 치과의사입니다.
사업하는 사람 주변에는 다 사업하는 사람이고
골프 치는 사람 주변에는 다 골프 치는 사람입니다.

파장이 뭐 어쩌고저쩌고, 끌어당김이 어쩌고저쩌고,
그런 설명이 다 필요 없습니다.
눈을 뜨고 주변을 보십시오. 제 말이 틀렸는지.
다 끼리끼리, 유유상종 모여있지 않습니까?

그러니 주변 사람들이 나의 '거울'이란 말입니다.
그러니 내 입에서 나오는 상대를 향한 '나의 말'을 잘 들어놨다가,
나 자신을 돌아보는 도구로 활용하시라는 말입니다.
여러분이 꼭 그렇다기보다는 '그럴 확률이 굉장히 높다'는 말입니다.

그리고 계속 '반복'해서 그런 사람이 내 주변에 나타나고,
계속 '반복'해서 그런 말이 내 입에서 나온다면,

그것은 거의 확실합니다.
당신은 실제로 '그런 사람'입니다.

당신이 그것을 알아차리고, 그런 행동을 하지 말아보십시오.
그렇게 시간이 흘러, 당신의 업식業識이 사라지면,
당신 주변의 그런 사람들이 저절로 '떨어져' 나갑니다.

골프 치던 사람이 골프를 손에서 놓게 되면,
골프 친구들이 하나둘씩 그 사람의 인생에서 사라집니다.
그것이 인생입니다.

다시 한번 강조 드립니다.
내 입에서 나오는 '상대를 향한 비난의 말'을
이제 '귀를 귀울이고' 잘 들어보십시오.

내가 '나의 말'을 잘 들어보면
내가 어떤 사람인지를.
알 수 있습니다.

기억하십시오.
내 입에서 나오는 비난의 말.
그것은 하나님께서 '나에게' 해주시는 조언입니다.

계속 '반복'해서 그런 사람이 내 주변에 나타나고,
계속 '반복'해서 그런 말이 내 입에서 나온다면,
그것은 거의 확실합니다.
당신은 실제로 '그런 사람'입니다.

기억하십시오.
내 입에서 나오는 비난의 말.
그것은 하나님께서 '나에게' 해주시는 조언입니다.

슬픔이 곧 기쁨입니다

테트리스를 해보셨습니까? 테트리스를 해보면, 모든 종류의 블럭이 '골고루' 나와 줘야 계속 플레이가 가능함을 알게 됩니다. 어느 특정 한가지 모양의 블럭만 계속 나오게 되면 게임을 이어 나가지 못합니다.

우리 몸의 구성도 마찬가지입니다. 신맛·쓴맛·단맛·매운맛·짠맛을 골고루 먹어줘야 간·심장·비장·폐·신장 등등의 각 장기들이 골고루 '균형'을 이루게 됩니다. 그래야 질병이 없게 됩니다.

요즘 사람들은 일반적으로, '단맛'을 상대적으로 너무 많이 취하는 경향이 있습니다. 그러니 단맛을 줄이고, 상대적으로 신맛, 쓴맛, 짠맛을 늘리면 좋습니다. 어느 특정 한가지의 맛이 좋고 나쁜 것은 없습니다. 다만, '균형'이 중요한 것입니다. 그 사람에게 '부족한 맛'의 음식, 그것이 그 사람에게 '보약'입니다.

우리의 인생도 마찬가지입니다.
우리의 인생에는 희노애락喜怒哀樂 기쁨·노여움·슬픔·즐거움. 이 모든 감정이 다 필요합니다. 기쁨·즐거움만 있는 인생은 정말 '최악'입니다. 그런 인생은 '반드시' 머지않아 '우울함의 지옥'으로 변하게 됩니다. 필연적으로 그렇게 되게 되어있습니다.

우울함의 지옥으로 가지 않으려면, '노여움'과 '슬픔'을 피하지 말아야 합니다. 혹은 기쁨과 즐거움을 '보류'할 줄 알아야 합니다. 우리 스스로가 밸런스를 맞추지 않으면, 우리는 '타의'에 의해 '밸런스 맞춰짐'을 당하게 됩니다.

슬프다고 좌절하지 말고, 잘 나간다고 우쭐대지 마십시오.
어차피 인생의 절반은 슬픔이요. 인생의 절반은 기쁨입니다.
부자도 가난한 자도, 남녀노소, 그 누구도 예외는 없습니다.

너무 중요해서 다시 말씀드립니다.

모든 인생에 있어, 누구에게나

어차피 인생의 절반은 슬픔이요, 인생의 절반은 기쁨입니다.

기쁨과 슬픔의 정의 자체가 '상대적'이기 때문입니다.

세상에는 '큰 것'이 절반, '작은 것'이 절반입니다.

세상에는 '긴 것'이 절반, '짧은 것'이 절반입니다.

세상에는 '찬 것'이 절반, '뜨거운 것'이 절반입니다.

그와 마찬가지로 '행복'이 절반, '고통'이 절반이라는 것입니다.

'정의' 자체부터가 그러하다는 것입니다.

'짧은 것'이 있으니 '긴 것'이 있고,

'슬픔'이 있으니 '기쁨'이 있는 것입니다.

이 두 가지는, 음과 양으로서,

각각 서로 '의지'해서 존재합니다.

하나가 없어지면 나머지도 없어집니다.

그러니 둘이 아닙니다(不二).

돈을 빌리면 언젠가 반드시 갚아야 함을, 명확하게 아는 사람은

돈을 빌리면서, 뛸 듯이 기뻐하지 않습니다.

조삼모사의 '원숭이'가 아니고서야. 그럴 수 있겠습니까?

돈을 빌린다 = 언젠가 갚아야 한다.

그것과 같은 이치입니다.

이 이치를 명확하게 알게 되면, '슬픔이 곧 기쁨'임을 알게 됩니다.
기쁨의 근원이 바로 '과거의 슬픔'이거든요.
그것을 알게 되면, 슬플 때, 슬픈 마음이 확연하게 줄어들 것입니다.
기쁠 때, 들뜨는 마음이 확연하게 줄어들 것입니다.
행복해지려면 기쁨의 시간을 늘리는 것이 필요한 것이 아니라,
슬픔의 시간을 없애는 것이 더 필요합니다.

그래서 성인들이 '평정심'을 중요시 여겼던 것입니다.
기뻐하지 않는 것.
그것이 곧 슬픔을 없애는 해법이기 때문입니다.

슬플 때 기뻐하십시오. 머지않아 기뻐질 것이니까요.
기쁠 때 슬퍼하십시오. 머지않아 슬퍼질 것이니까요.

그러니 슬플 때나 기쁠 때나
슬퍼하거나 기뻐할 필요가 없는 것입니다.
언제나 평정심을 유지하는 것.
그것이 괴롭지 않는 길이고.
그것이 곧 행복의 길입니다.

공空의 이치

내가 지금 고통스러운 이유,
내가 지금 누군가를 미워하는 이유가 무엇일까요?

내가 지금 '괴롭다'는 것은,
내가 지금 누군가를 '미워한다'는 것은,
내가 지금 무엇인가를 잘못 '인식'하고 있다는 뜻입니다.

'바로 앞의 일', '바로 눈앞의 원인'만 고려하고 있다는 뜻입니다.
'전체'를 보지 못하고 '일부분'만 보고 있다는 뜻입니다.

인생은 '새옹지마'입니다. 좋았던 일이 나쁜 일이 되고, 나빴던 일이 좋은 일이 됩니다. 그것이 반복되는 것이 인생입니다. 짧게 보면 '고통'의 시간이지만, 길게 보면 그 순간이 '행복의 원천'이었고, 성장의 밑거름이었습니다.

또 더 길게 보면, 좋다고 할 것도, 나쁘다고 할 것도 없습니다.

좋게 바라볼 수만 있다면, 모든 순간이 '좋은 순간'인 것입니다.

내가 그를 미워하는 것은 '그가 나의 뺨을 때린 것'만 보아서 그런 것입니다. 그가 '왜' 나의 뺨을 때렸는지를 생각해 보십시오. '나' 역시, 과거 '그의 뺨을 때렸음'을 기억하십시오. 본인이 그에게 한 악행은 생각하지 않고, 그가 나에게 한 악행만 생각하니, 그래서 괴로운 것입니다.

'주는 것이 곧 받는 것이다'

내가 '맞았다'는 것은, 과거 내가 '때렸다'는 뜻입니다.

이 원리를 깊게 통찰해야 합니다.

짧게 보지 말아야 합니다.

길게 보아야 하고, 전체를 보아야 합니다.

이 원리는 틀림이 없습니다.

'현재의 고통'의 시간은 '반드시' 훗날, '행복의 원천'이 됩니다.

이것은 불변의 진리입니다. 자연의 법칙입니다.

지금 내가 외로운 만큼,

새로운 연인이 생겼을 때 행복해지는 것입니다.

내가 지금 배고픈 만큼,

무언가 먹었을 때 맛있게 느껴지는 것입니다.

배고픔이 없어지면, 맛있는 것 또한 없어집니다.

내가 지금 돈이 없어서 서러운 만큼,

훗날 여유가 생겼을 때 기뻐지는 것입니다.

늘 상 돈이 많은 사람은,

돈을 많이 벌어도 기쁨을 느끼지 못합니다.

사고 싶을 때 바로바로 모든 것을 살 수 있는 사람에게는

쇼핑의 즐거움이 있을 수 없습니다.

'최근 들어, 누군가 마음에 안 드는 사람이 있다'

이 말이 무슨 말인지 깊게 생각해 봅시다.

이 말은 그 사람이 '예전에' 나에게

매우 잘했었다는 것을 말해줍니다.

예전에 나에게 무척 잘했으니, 지금 마음에 안 드는 것입니다.

친했던 적이 없는 사람은 원수가 될 리가 없습니다.

그게 아니면, 그 사람 말고, '다른 사람'이 내 곁에
더 마음에 드는 사람이 있다는 것을 말해줍니다.
그래서 '비교'가 되는 것입니다.

'과거' 그가 나에게 잘해준 것과,
'현재' 그의 불만족스러운 것을 섞어버리고,

불만족스러운 그 사람과,
만족스러운 옆의 사람을 섞어버린다면
도긴개긴입니다.

원리가 그러합니다.
그러니 괴로울 때마다. 누군가 미울 때마다.

내가 지금 '시야'가 굉장히 좁아져 있구나.
내가 지금 사소한 곳에만 집착해서, 한쪽 면만 바라보고 있구나.
하는 것을 알아차려야 합니다.

누군가 '엄청' 밉다는 것은,
그가 과거 나에게 '엄청' 잘해줬다는 뜻입니다.
이 말을 꼭 기억하십시오.

나에게 잘해준 적이 없는 사람은,
나와 원수가 될 리가 없습니다.

그러니 내가 지금 미워하는 사람에게 감사해야 합니다.
예전에 나에게 잘해주셔서 감사합니다.
당신이 나에게 잘해줬던 것을 제가 잠시 잊었습니다.
미안합니다.
라고 생각하셔야 합니다.
그래야 나에게 좋습니다.
옳고 그름을 떠나, 그렇게 생각하는 것이 나에게 유리합니다.

세상의 모든 것은 이렇듯 '음'과 '양'으로 이루어져 있으며,
음이 있어서 양이 있는 것이고,
양이 있어서 음이 있는 것입니다.
그러니 '음'이라고 너무 괴로워하지도 말고,
'양'이라고 너무 우쭐대지도 마십시오.

음과 양은 '있으면 같이 있고', '없으면 같이 없는 것'입니다.
이 원리는 세상 만물에게, 모든 사람에게 공평한 원리이니,
그 누구도 억울해할 것이 없습니다.

식빵의 거친 부분을 먼저 먹으면서, 딱딱해서 싫어할 수도 있지만,
식빵의 거친 부분을 먼저 먹으면서, 좋아할 수도 있는 것입니다.
거친 부분을 먼저 먹었다는 것은
'부드러운 부분'이 남았다는 뜻이니까요.

음이 곧 양이고, 양이 곧 음이니.
내가 '양'으로 바라보면 '모두 양'으로 보일 것이고,
내가 '음'으로 바라보면 '모두 음'으로 보일 것입니다.
선택은 나의 몫입니다.

이런 시각으로 세상을 바라보면, 세상은 '이미' 완벽합니다.
행복도 '행복'이요, 고통도 '행복의 전주곡'이기 때문에
고통도 곧 '행복의 일부'라고도 볼 수 있기 때문입니다.

이 이치를 명확하게 이해한 것을
소위 '공空의 이치'를 깨달았다고 합니다.
'불이법不二法'을 깨달았다고 합니다.

한때 행복했으니, 지금 고통스러운 것이다.

행복이 고통과 다르지 않다.

행복과 고통은 둘이 아니다.

행복은 행복도 아니고 고통도 아니다. 공空이다.

이것을 '진정으로' 알 수만 있다면,

그 사람은 '모든 고통에서' 벗어날 수 있습니다.

저도 아직 수박 겉만 핥고 있는 수준입니다만,

그럼에도 불구하고 예전에 비해 확연히 '괴로움'이 줄었습니다.

석가모니 부처님의 위대한 가르침(공의 이치, 불이법)에

감사할 따름입니다.

주는 것이 곧 받는 것입니다.

내가 '맞았다'는 것은, 과거 내가 '때렸다'는 뜻입니다.

내가 '괴롭다'는 것은 과거 내가 '괴롭혔다'는 뜻입니다.

'현재의 고통'의 시간은 '반드시' 훗날, '행복의 원천'이 됩니다.

이것은 불변의 진리입니다. 자연의 법칙입니다.

모든 것은 연결되어 있습니다

제가 매일 아침 4:30분에 일어나는 행위는
'여러분의 행복'과 연관이 있을까요? 전혀 상관이 없을까요?

"야. 너가 일찍 일어나는 것하고, 내 행복하고 그게 무슨 상관이니?"
이렇게 생각하실 것입니다. 저는 매일 아침 4시 30분. 저 자신과의
승부를 합니다. 더 자고 싶은 저 자신을 깨웁니다. 금강경을 들으며
108배를 합니다. 그리고 독서, 글쓰기를 합니다. 그리고 제 딸과 달
리기를 나갑니다. 일요일을 빼고 매일 3시간을 반복합니다. 이게 제
아침 루틴입니다.

"그게 나랑 무슨 상관이냐고? 자랑질이나 하기냐?"

저와 여러분을 엮어주는 고리가 바로 '이 책'입니다. 그리고 저의 '유튜브 영상(명버섯돌이 채널)'입니다. 저의 책과 영상은 '저 자신과 싸움'의 결정체이고, 제 루틴의 결과물입니다. 여러분은 이 결과물로 인해 약간의 인생철학의 변화, 혹은 루틴의 변화, 혹은 식습관의 변화를 겪게 됩니다. 책이라는 매체의 힘은 너무나도 강력해서, 읽고 나면 영향을 받을 수밖에 없게 되어있습니다. 여러 번 반복해서 읽으시면 그 영향력은 더 강력해집니다.

제가 끼치는 선한 영향력, 그 영향력의 시작이 바로 '아침 4시 30분 기상'입니다. 이 작은 습관 속에는 제 아내와 제 딸에 대한 사랑, 제 유튜브 구독자분들에 대한 사랑, 제 책의 독자들에 대한 사랑, 더 나아가 대한민국 국민들 모두에 대한 사랑까지도 다 포함되어 있습니다. 여러분이 변화하면 여러분의 주위 사람들, 더 나아가 대한민국 국민들 모두가 영향을 받게 되어있으니까요.

그것을 제가 알고 난 후부터, 아침 4시 30분 기상(일요일 제외)을 어길 수가 없어졌습니다. 그것을 어기는 것은 단순히 저 자신만을 외면하는 것일 뿐만 아니라 여러분들 모두를 외면하는 것이기 때문에 그렇습니다.

저의 아버지와 누님들의 생각이 저에게 영향을 미치고,

제가 읽었던 책의 저자 또한, 저에게 영향을 미치고,

저의 철학이 저의 책과 유튜브 영상에 담기게 되고,

그것을 읽고, 보는 사람들은 저의 영향을 받게 되고,

그 사람들의 생각과 행동에 변화가 오게 되며,

그 사람이 변함으로써

그 사람의 자식, 그 주변 지인들이 또 영향을 받게 됩니다.

그 주변 지인들은 또 그 주변 지인들에게 영향을 주게 됩니다.

그렇게 그 영향력은 온 세계로 끝도 없이 뻗어 나갑니다.

이렇게 보면 저의 아버지와 누님들의 생각 패턴이 여러분에게도

알게 모르게 영향을 주고 있음을 알 수 있습니다.

제가 아침에 일찍 일어나는 것도 여러분과 연관이 있으며,

제 아내의 생각도 여러분과 연관이 있으며,

제 딸의 생각도 대한민국 국민 모두에게

저와 이 책을 매개로 영향을 주고 있는 것입니다.

클레오파트라의 코도 나와 연관이 있으며,

먼 미국 땅에서 건물이 하나 무너지는 것도

나의 재산과 큰 연관이 있습니다.

이처럼 세상의 모든 것은
서로 연관이 없어 보이는 것조차도
따지고 보면 모두 다 연결되어 있습니다.
이것을 연기법緣起法이라 합니다.

클레오파트라의 코도 나와 연관이 있으며,
먼 미국 땅에서 건물이 하나 무너지는 것도
나의 재산과 큰 연관이 있습니다.

이처럼 세상의 모든 것은
서로 연관이 없어 보이는 것조차도
따지고 보면 모두 다 연결되어 있습니다.

CHAPTER 3.

인과법의 실전 응용

오늘 일어난 일은,
오늘 일어난 일 때문에 일어난 것이 아닙니다

'오늘 일어난 다툼'은,
'오늘' 벌어진 어떤 사건 때문에 일어난 것이 아닙니다.
'오늘의 가난'도,
'오늘' 내가 한 어떤 행동 때문에 가난한 것이 아닙니다.
'오늘의 질병'도,
'오늘' 내가 무엇을 잘못해서 아픈 것이 아닙니다.

'오늘의 다툼'은 '오래전부터' 쌓여있던 서운한 감정이,
점점 커지고 커지다가, 오늘에서야 드디어 '폭발'한 것뿐입니다.

'오늘의 가난'도 과거에 매번 미루고,
얼렁뚱땅 넘어갔었던 수많은 일들이 쌓이고 쌓여서,
주변 사람들에게 신용을 잃게 되었고,
신용을 잃으니, 내게 돈이 오지 않는 것입니다.

'오늘의 질병'은 나의 '생활 습관'에 기인하는 것입니다.
먹는 습관, 자는 습관, 운동하는 습관, 마음 쓰는 습관.
그런 것들이 하나하나 모여서,
'장시간'에 걸쳐 '오늘의 질병'을 만든 것입니다.

'질병은 결코 하루 만에 발생하지 않습니다'

   그러니 해결책을 세우실 때, '오늘' 일어난 일은 모두 잊으십시오.
그것은 본질이 아닙니다. 그것은 '근본 원인'이 아닙니다. 오늘 배우
자가 한 행동의 시시비비를 따지지 마십시오. 그것 때문에 여러분이
지금 배우자와 싸우고 있는 것이 아닙니다. 그렇게 착각할 뿐입니
다. 여러분의 눈에, 마치 그것이 원인인 것처럼 '보일 뿐'입니다.

   이미 휘발유가 엎질러져 있었기 때문에 불이 난 것입니다. 누군가
지나가며 라이터를 한번 켰다고 해서, 라이터 켠 사람을 '화재 원인

의 전부'인 양 착각하지 마십시오. '엎질러져 있던 휘발유'. 그것이 오히려 화재 원인의 '본질'에 더 가깝습니다. 휘발유가 계속 엎질러져 있었다면, 오늘이 아니라도 언젠가는 한번 화재가 났을 일입니다.

오늘 있었던 배우자와의 다툼은 '과거의 업식業識', '과거의 서운함'이 아직 서로의 '무의식'에 남아있었기 때문입니다. 그 업식은 없애기가 정말 어렵습니다. 지금까지 두 사람이 나누었던 대화, 두 사람 간의 마음 씀씀이, 행동 하나하나가 모여 그 '업식'을 이룹니다. 그 업식을 끊으려면 두 사람의 '일관된 노력'과 '시간'이 필요합니다. 그것은 절대 하루아침에 없어지지 않습니다.

상대가 아무리 나를 공격해도, 묵묵히 평정심을 이어 나가야 합니다. '빚 갚는다' 생각하고, 화내지 말고, 평온함을 '계속' 유지해야 합니다. 그러다 보면 어느 순간에 '봄'이 찾아옵니다. 그 방법 말고는 없습니다. 업식은 그렇게 쉽게 없어지지 않습니다.

건강 회복도 마찬가지입니다. 오늘 맨발걷기 좀 했다고, 오늘 야채 좀 많이 먹었다고, 오늘 단식 좀 했다고, 오늘 소금물 좀 마셨다고, 하루아침에 건강이 회복되기를 기대하지는 마십시오.
그것은 '도둑놈 심보'입니다.

어떤 질병이건 간에,

오래 가지고 있던 '질병'은 그만큼 쉽게 낫지 않습니다.

오래 가지고 있던 '습관'을 쉽게 바꾸지 못하기 때문입니다.

'질병'은 곧 '악습관'입니다.

'질병'은 '악습관 그 자체'이자, '악습관의 결과'입니다.

과보가 크면, 과보를 갚는 데도 더 오래 걸립니다.

오늘 일어난 일의 원인을 오늘 있었던 일에서 찾지 마십시오.

진짜 원인은 따로 있습니다.

진짜 원인은 적어도 10년 이전부터 지금껏

쭉 이어온 그 무엇에 있지 않을까?

라고 저는 생각합니다.

'질병은 결코 하루 만에 발생하지 않습니다'

'질병'은 곧 '악습관'입니다.
'질병'은 '악습관 그 자체'이자, '악습관의 결과'입니다.

오늘 일어난 일의 원인을 오늘 있었던 일에서 찾지 마십시오.
진짜 원인은 따로 있습니다.
진짜 원인은 적어도 10년 이전부터 지금껏
쭉 이어온 그 무엇에 있지 않을까?
라고 저는 생각합니다.

배우자가 '바뀌어도' 결과는 같습니다

자동차 사고 중, 뒤차가 앞차를 박게 되면, 뒤차에 100%, 앞차에 0%의 과실이 있다고 합니다. 100% 뒤차의 잘못이라는 것이지요. 그런데 곰곰이 생각해 보면, 100:0인 이 사건 역시, 앞차의 잘못이 '0'은 아닙니다. 앞차가 왜 하필 그 시각에, 뒤차 앞에 있었냐는 거죠? 그러니 원인의 일부분을 제공했다는 것이지요.

뒤차에 100% 과실을 부과하는 것은, 어디까지나 뒤차가 알아서 '조심'하도록 하기 위함일 뿐입니다. '인연법의 원리'에 입각해서 바라본다면, 사실 '앞차에도' 과실이 있습니다.

분명, 과거 어느 시점에, 두 운전자 간에 아직 풀지 못한 '악연'이 있었기에 이렇게 사고가 난 것이 아닌가 하며, 저는 생각합니다. 그러니 뒤에서 일방적으로 나의 차를 박았다고 해서, 당당하게 목에 힘주면서, 뒤차 운전자를 '죄인' 대하듯 그렇게 쏘아붙여서는 안 됩니다. 그렇게 하면, 머지않아 갑과 을이 뒤바뀌어서, 내가 또 그런 일을 '당하게' 됩니다.

많은 사람들이 가정불화의 원인으로 '배우자'를 지목합니다. 남편은 '아내 탓'으로, 아내는 '남편 탓'으로 생각합니다. 서로서로 상대방 탓을 하며, 본인이 책임지려 하지 않습니다.

그런데 말입니다. '상식적'으로 잘 생각해 보십시오. '어떤 부부'가 싸웠습니다. 그게 누구 탓이겠습니까? 하나님 탓입니까? 부모님 탓입니까? 친구 탓입니까?

'당사자 둘'의 문제 아니겠습니까?

이 두 사람 이외에 '용의자'가 또 어디 있습니까?

'상대를 잘못 고른 것' 또한 본인의 잘못이고,
'상대를 잘못 길들인 것' 또한 본인의 잘못이고,
본인의 '운명'인 것입니다.

저는 어떤 여자가 '일방적'으로 남자에게 거짓말하고, 사기를 쳐서 돈을 빼돌리고, 바람을 피우고, 소위 '꽃뱀'처럼 행동을 했다 하더라도, 법원에서 아무리 남자 측의 손을 들어줬다고 하더라도, 저는 그 여자가 '일방적으로' 잘못했다고 생각하지 않습니다.

왜냐하면, 그 남자는, 이 여자가 아니었어도, 다른 여자와 결혼을 했어도, 분명 이와 '비슷한 불행'을 겪었을 가능성이 크다고, 저는 생각하기 때문입니다. 왜냐하면, 결혼할 당시, 그 남자의 '여자 고르는 안목'이 낮았기 때문입니다. 그 남자는 결혼 전으로 돌아간다 하더라도, 그 여자와 '비슷한 부류'의 여성에게 매력을 느낄 가능성이 매우 큽니다.

그런 면에서 그것이 그 남자의 '운명'인 것입니다. 어떤 여자를 고르든 간에, 골랐다 하면, '꽃뱀' 같은 여자를 고를 수밖에 없는 '운명'을 타고난 남자인 것입니다. 왜냐하면, 그 남자가 그 당시 '꽃뱀 스타일'의 여자를 좋아하는 '업식業識'을 가지고 있었기 때문입니다. 본인의 능력은 모자라고, 예쁜 건 포기하기 싫고, 상대의 진심을 구별할 줄 아는 능력은 없고, 그러면 답은 하나밖에 없지 않겠습니까?

'크게 보면' 그렇다는 이야기입니다.

어찌 보면, 이런 남자와 결혼하게 된 '여자'가 오히려 '피해자'라고도 할 수 있는 상황입니다. 이 남자와 결혼하기만 하면, 어느 여자든 간에 '꽃뱀'이 되게 되어 있다고도 볼 수도 있기 때문이지요. 왜냐? 이 남자에게도 요인이 있거든요. 여자를 꽃뱀으로 '만드는' 요인이.

그 남자는 여자의 심리에 대해 모르고,
그 남자는 여자의 몸에 대해 모르고,
그 남자는 어떻게 여자를 행복하게 만들 수 있는지 모르고,
그런 본인이 뭐가 문제인지 모르는 사람이었던 것입니다.

그렇기에 이 남자는 '새로운 여자'를 만나도 상황이 쉽게 안 바뀌는 것입니다. 남자가 스스로 뭔가를 깨닫고 난 후, '여자 고르는 안목'을 높이고, 여자에 대해 '공부'하지 않는 이상, 배우자가 바뀌어도, 그 전과 유사한 결혼생활이 반복될 가능성이 크다는 것입니다. 상대의 '얼굴'은 바뀌겠지만, '본질'은 그 전과 '똑같은' 여자를 계속 만나게 되는 것입니다.

여기서, 저의 말을 오해 없이 들어주셨으면 합니다.
제 말은 '이 여자가 피해자이고,
이 남자도 이 여자와 마찬가지로 50:50 반반 잘못했다'
라고 이야기하는 것이 아닙니다.

제 말의 핵심은
배우자가 바뀐다 하더라도, '내가' 바뀌지 않는 한,
바뀌지 않는 그 무언가가 있다
그 이야기를 하고 있는 것입니다.

예시든 상황을 넘어
제가 이야기하고자 하는 '본질'을 보아주시기 바랍니다.

  '상대가 바뀌어도 결과는 똑같다'는 다른 예를 한번 들어보겠습니다. 저의 지인 중 한 분의 이야기입니다. 그분은 성격도 밝고 활달하며 사교성도 좋은 사람입니다. 그런데 그분에게 걱정이 하나 있었습니다. 그것은 주변에서 자꾸 '돈을 빌려달라'고 한다는 것이었습니다.

  그러면서 돈을 빌려 간 사람 중 일부가, 빌린 돈을 약속한 기한까지, 약속을 딱 지켜서 갚지 않더라는 것이죠. 그런데도 그분은 빨리 갚아달라는 말도 못 하고, 혼자서 전전긍긍했습니다. 그런데 신기한 것은, 돈을 빌리는 사람들이, 주변에 돈을 빌릴 다른 사람들이 많은데도 불구하고, 꼭 '그분한테만' 돈을 빌리더란 말입니다.

  그리고 나중에 알고 보니, 돈을 빌린 사람들의 상황이 그리 '절박한' 상황도 아니었습니다. '꼭' 필요했던 돈이 아니었던 거지요. 그리고 하나같이 그분께 '이자'를 잘 챙겨주지도 않았습니다.

그것을 보면서 저는 작은 깨달음을 얻었습니다.

아~ '돈을 빌려달라는 사람'도 문제지만
거절을 하지 못하는 '저분의 태도에도' 분명 문제가 있구나.
돈을 빌려주려면, 상환 날짜, 이자를 분명하게 '명시'하고
'계약서'를 쓰고 돈을 빌려주든지,
아니면, 확실하게 '거절'을 하든지 했어야 하는 것인데.
제 지인분은 그냥 '주먹구구식'으로, 인정에 휩쓸려
돈을 '너무 쉽게' 빌려줬던 것입니다.
그래 놓고는 나중에 힘들어하길 '반복'했던 것입니다.

이런 일들을 보면서, 저는
모든 인간관계는 서로 50 : 50
'쌍방의 요인'이 있음을 알게 되었습니다.

상대의 무리한 부탁을 '현명하게 거절'하는 방법.
제 지인은 그 방법을 배울 필요가 있어 보였습니다.
그 방법을 배우지 않고서는,
돈을 빌려달라는 사람의 얼굴이 바뀔지언정,
제 지인에게는 항상 '같은 상황'이
'반복'될 것 같아 보였습니다.

'이자'를 확실하게 명시하지 않았던 점.

'계약서'를 확실하게 쓰지 않았던 점.

우유부단한 성격.

이런 것들이 '돈을 빌리는 사람'으로 하여금.

돈을 '제시간에 갚고 싶지 않게' 했던 것은 아닌가?

하는 생각을 해보았습니다.

상대가 바뀌어도, 결과는 크게 달라지지 않았을 것이라는 말이

조금은 이해가 되시는지요?

상대를 '나쁜 사람'으로 만드는 요인이

'당사자에게도 있다'는 말이 조금은 이해가 되시는지요?

왕따당하는 학생에게도, 폭력당하는 아내에게도.

다 일정 부분, 본인의 잘못이 있다는 말입니다.

저도 결혼을 하고서, 싸워도 보고, 원망도 해보고, 반성도 해보고,

원인 분석도 해보면서, 이런저런 생각을 많이 해보았습니다.

'내가 만약, 지금의 배우자랑 결혼하지 않았더라면…'

이라는 생각을 해보았지요.

그런데 가만히 '객관적으로' 저 자신을 돌아보면서 생각을 해보니.

'지금의 나'가 아닌 '과거의 나'였다면,

그 어떤 '다른 여자'와 결혼을 했었다 하더라도

'똑같이 가정불화를 겪었을 것'이라는 생각이 들었습니다.

왜냐하면, 그때의 저는 '만족'을 몰랐기 때문입니다.
상대가 '60'을 양보하면, '70'을 양보하길 원했고,
상대가 '70'을 양보하면, '80'을 양보하길 원했습니다.

저 만의 '만족의 기준'이 없었던 것입니다.
그냥 막연하게 상대가 '더' 양보해주길 바랐던 것입니다.
'떡 하나 주면, 안 잡아먹지' 그것이 계속 '반복'되었던 것입니다.
그러다 어느 순간, '떡'이 다 떨어졌고,
우리 부부에게 갈등은 '예정된 사건'이었습니다.
그런 면에서 보면, 저에게 부부 갈등은 '필연적인' 사건이었지요.

특정 남자 연예인을 보면, 엄청 예쁘고 참한 여자 연예인을 배우자로 가졌음에도 불구하고, 더 예쁘고, 더 젊고, 더 새로운 여자를 항상 찾아다니는 그런 남자 연예인이 있지 않습니까? 바로 그겁니다. 제가 그랬다는 겁니다. 아내가 아무리 예쁘면 뭐 합니까? '더' 예쁜 걸 원하는데.

하나님 입장에서 보셨을 때, 팔짝 뛰실 노릇 아닙니까?
좋은 걸 주면 뭐 하냐고요.
계속해서 '더 좋은 것'을 달라고 하는데.
'만족'이 없는 사람을 어떻게 만족시키겠습니까?

'뭐 어떻게 해주면 만족하겠다' 그 '기준'이 없었던 것입니다.
'밑 빠진 독에 물 붓기'였던 것이지요.
그래서 제가 '과보'를 받은 것입니다.

 '지금의 배우자가 아니었어도, 지금보다 더 뛰어난 여자를 아내로
맞이했었어도, 결과는 크게 달라지지 않았을 것'이라는 사실을 탁
깨닫게 되자, 아내를 향했던 '원망스럽던 마음'이 한순간에 '미안한
마음'으로 바뀌었습니다.

'나의 운명'이었던 것을, 괜히 '착한 아내'를 탓했었구나
하는 생각이 들었습니다.

내가 겪는 모든 것은 '나의 운명'이고,
상대가 겪는 모든 것은 '그 사람의 운명'입니다.

그러니 책임이 '50:50'이라고 할 수도 있고,
나의 기준에서만 보면, 내 주변에 일어나는 모든 일은
'100% 다 나의 책임'이라고도 할 수 있는 것입니다.

자동차 사고 방지를 위해 100:0이라는 조항을 만들었듯이.
내 인생의 안전운전을 위해,
스스로 '모든 것은 100% 나의 책임'이라고 생각하고
살아가는 것이 나에게 훨씬 안전합니다.

그리고 그것이 또 사실이고요.
그렇게 생각해야 그때부터 '해결책'이 보이기 시작합니다.

나 이외에는 나의 괴로움에 대해
아무도 관심 있는 사람이 없습니다.
결국 내 문제는, 내가 스스로 해결해야 합니다.

부모님도, 배우자도, 자식도 그런 면에서는 다 남입니다.
그들을 탓하지 마십시오. 여러분들도 마찬가지 아닙니까?
여러분들도 그들의 괴로움에 별 관심이 없지 않습니까?
저도 그렇고, 여러분들도 그렇고,
모든 사람은 다 그렇습니다.

이제 더 이상 배우자를 탓하지 마십시오.

저는 배우자를 '탓하는 사람'을 이유 불문하고 높게 보지 않습니다.
저는 배우자와 '사이 좋은 사람'을 이유 불문하고 높게 평가합니다.

그것은 절대 사소한 것이 아니기 때문입니다.

배우자가 바뀌어도, 내가 바뀌지 않는 이상
내 인생은 크게 변화하지 않습니다.
배우자를 탓하지 마십시오.
내 눈앞에 벌어지는 모든 일은
다 내가 자초한 일이며,
다 '나의 운명'입니다.

모든 관계의 50%는 나의 탓

치과 원장으로서 저의 '솔직한' 이야기를 좀 털어놓겠습니다. 환자분들 중에 가끔, 정말 '치료가 안 되는' 환자분이 있습니다. 이런 분들은 마취부터 잘 안됩니다. 아프지 않게 치료를 하려 해도, 진짜 신기하게 '마취부터 잘 안되는' 사람이 있습니다. 제가 마취에 자신이 없어서 하는 말이 아닙니다. 그런 경우, 환자분께 솔직하게 이야기를 합니다.

환자분은 마취가 잘 안된다고…
그래서 좀 참고 견뎌달라고 말씀을 드립니다.
그리고 속으로 생각합니다.

'이분은 업장이 참으로 두텁구나'
'이번에 치료를 너무 쉽게, 편하게 받아서는 안 되는 사람이구나'
하는 것을 알게 됩니다.

사정이 이러하다 보니, 저는 이제 다른 병원에, 제가 '환자'로 가는 일이 있을 때, 절대 아프다고 화내거나, 피 뽑을 때 두 번 찔렀다고 간호사를 나무라지 않습니다.

'아~ 이게 다 나의 업이구나'라는 생각을 늘 가지게 되었습니다.

하늘은 짓지 않은 복을 내리지 않고,
사람은 짓지 않은 죄를 받지 않는다.

저는 언제부터 이 말에 '확신'을 가지기 시작했습니다.

진료가 정말, '안 풀리는' 환자가 있는 반면, 신기하게도 진료가 술술 풀리는 환자 또한 있습니다. 정말 어려운 케이스인데, 치조골도 하나도 없고, 뼈이식도 많이 해야 하고, 정말 어려운 케이스로 분류했던 환자인데도 불구하고, 막상 치료를 시작해 보면, 말도 안 되게 너무 쉽게, 붓지도 않고, 아프지도 않게, 진료가 금방 끝나버리는 사람도 있습니다.

그런데 신기한 것은, '잘 풀리는 환자'는 계속 잘 풀리고, '안 풀리는 환자'는 계속 안 풀리더라는 것입니다. 똑같이 '제가' 치료하는 것인데 말입니다. 어제는 술 먹고 진료하고, 오늘은 맨정신으로 진료하는 것도 아닌데, 이상하게 그런 '차이'가 나더라는 것입니다.

아무리 다시 봐도, 치과의사인 저의 요인도 50%가 있지만, 환자의 요인도 분명 50%가 있더란 말입니다. 제가 아무리 발버둥 치고, 도와드리려 해도, '안 되는 사람'이 있더란 말입니다. 그리고 신기하게도 그런 사람은, 대부분 '특징'이 있었습니다.

그 사람과 '대화'를 몇 마디 나눠보면,

'아… 이 사람은 이래서 치료가 안 되었던 것이구나'
하는 무엇인가가 늘 있어 왔습니다.

하늘은 짓지 않은 복을 내리지 않고,
사람은 짓지 않은 죄를 받지 않는다.

이 말을 명심하십시오.

지은 죄가 있는 사람에게는 이 말이 무섭게 들리겠지만,
지은 죄가 없고, 복을 지어 온 사람들에게는
이 말이 더 없는 '축복의 말'일 것입니다.

설사 과거 지은 죄가 있다 하더라도, 이제부터라도 이 말을 믿으시고, '삶의 방향 전환'을 해나가신다면, 이제부터라도 마음 편하게 살아가실 수 있을 것입니다.

복은 '돌려받을 생각'을 할 필요 없이, 뿌리기만 하면 언제든 다시 돌아오는 것이 확실하니, 마음 편하게 '복'을 뿌리기만 하시면 됩니다. 굳이 내가 안 챙겨도, 뿌린 복은 돌아올 수밖에 없습니다. 이 얼마나 마음 편하고, 멋진 일입니까?

짓지 않은 죄는 받지 않는다니, 이 또한 얼마나 마음 편한 일입니까? 살아가면서 두려워할 일이 많이 없어지지 않습니까? 가끔 뉴스를 보면, 정말 끔찍한 강력범죄 이야기가 한 번씩 나오지 않습니까? 사람으로서 할 짓이 못 되는, 그런 끔찍한 이야기들이 많이 나오지 않습니까?

그런데, '야~ 아무리 생각해도, 전생前生의 나라 하더라도, 내가 저런 극악무도한 일은 했을 리가 없다' 이렇게 생각하는 일이 있지 않습니까? 그런 일은 여러분께 실제로 일어나지 않습니다. 걱정하지 마십시오. 여러분이 생각하는 여러분의 평가가 정확합니다.
그런 일은 절대 여러분께 일어나지 않습니다.
'무의식'은 모든 것을 다 알고 있습니다.

거짓말을 많이 한 사람은, 사기를 조심하십시오.

살생을 많이 한 사람은, 건강을 조심하십시오.

배신을 많이 한 사람은, 배신당하는 일을 조심하십시오.

사실 피한다고 피해지는 것이 아닙니다만,

일단 조심이라도 하십시오.

그리고 앞으로 '새로운 업'을 더 짓지만 않으시면 됩니다.

시간이 지나면, 다 어떻게든 해결이 되게 되어있습니다.

과보를 받으면 됩니다. 받을 수밖에 없습니다. 피하지 마십시오.

살아가면서 죄를 짓지 않고 살아가는 사람이 어디 있겠습니까?

저라고 죄를 안 짓고 살았겠습니까?

저도 많은 잘못을 저질렀습니다.

제가 피해를 끼쳐온 주변 사람들에게 늘 '죄송한 마음'입니다.

그래서, 진료로 보답하고, 유튜브로 보답하고,

책으로 보답하려고 하는 것입니다.

'사회'에 조금이라도 '기여'를 하려는 마음,

'주변 사람들'에게 조금이라도 '도움'이 되기를 바라는 마음,

그것이 사실은 '나' 자신을 구원하는 유일한 길임을.

언제부턴가 알게 되었습니다.

아는 만큼 보이는 법입니다

저의 '에어팟 이야기'를 한번 해보겠습니다. 블루투스 이어폰이 한창 나오기 시작하던 때였습니다. 그때 저는 제 친구의 추천으로 '에어팟'을 거금 15만 원을 주고 한번 사보았습니다. 그 가격은 그 당시 타사 블루투스 이어폰 가격의 3~4배 가격이었습니다.

그런데 와~ '신세계'였습니다. 너무 좋았습니다. 디자인도 예뻤고, 음질도 좋았고, 무엇보다 이어폰에 줄이 없으니, 두 손이 자유로워져서 너무 좋았습니다. 막상 써보니 15만 원이라는 가격이 전혀 아깝지 않았습니다. 음악이나 유튜브 강의, 혹은 지인과의 전화 통화를, 산책하며, 편하게 즐길 수 있어서 너무 좋았습니다.

그러다 한 일 년이 지나서, 그 에어팟을 잃어버렸습니다. 도무지 제가 에어팟을 어디에 뒀는지 찾지를 못했습니다. 그래서 새로 사기로 했습니다. 예전에 저에게 에어팟을 추천해 주었던 그 친구가 이번에는 '에어팟'이 아닌, 새로 나온 '에어팟 프로'를 저에게 추천했습니다. '에어팟 프로'는 '에어팟'보다 가격이 두 배였습니다. 30만 원이었습니다.

"에어팟도 비싼데, 에어팟 프로를 사라고???"

제가 돈이 없는 것은 아니었지만, '불필요한 소비'를 별로 좋아하지 않기에, 저는 잠시 망설였습니다. 왜냐하면 '에어팟'으로도 충분히 '만족'했으며, 여기서 더 나아질 것이 없을 것 같았기 때문입니다.

저 가격이면 에어팟 2개를 사는 가격인데…
왜 저걸 사라고 하지???
그것도 저렇게 강력하게…

저는 다시 한번 그 친구를 '믿어보기'로 했습니다.
에어팟을 처음 살 때도 그 친구의 추천이 있었고,
그때도 그 친구의 말이 맞았기 때문입니다.
'컴퓨터, 전자기기' 방면에서 그 친구는,
'항상' 저를 몇 년이나 앞서 있었기 때문입니다.

'오 마이 갓'

그런데 정말 기대 이상이었습니다.
에어팟 프로의 '노이즈 캔슬링' 기능은
정말 '저에게 꼭 필요한 기능'이었습니다.

　명상하는 방법은 사람마다 다르겠지만, 저는 명상을 '맨 귀'에 하지 않습니다. 저의 명상법이 좋으니, 저를 따라 하라는 것은 절대 아닙니다. 저는 늘 귀에 명상음악 - 432Hz, 528Hz 같은 '솔페지오 Solfeggio 주파수' 혹은 부처님의 명호를 반복해서 부르는 '염불', 혹은 금강경 같은 '경전 독송'을 들으며 명상을 합니다. 제 경험상, 저에게는 그것이 훨씬 도움이 되었기 때문입니다.

　그런데 '노이즈 캔슬링' 기능은 명상하는 도중에 들리는 주변의 시끄러운 소음을 말끔히 없애주었습니다. 심지어 지하철 안에서조차 음악 소리가 선명하게 잘 들릴 정도였습니다. 정말 획기적인 아이템이었습니다.

　하나님께서 '일부러 저의 기존 에어팟을 숨기신 것이 아닌가?' 하고 강력하게 의심이 가는 상황이었습니다. 나중에 침대 매트리스 사이 틈에 끼어있는 기존의 에어팟을 찾았지만, 신기하게도 얼마 안 가서 그 에어팟은 아예 고장이 나버렸습니다. 그래서 저는 그때부터 새로 산 '에어팟 프로'만을 쓰게 되었습니다.

마치 누군가가

"진호야, 이제 에어팟 프로만 써라. 그게 훨씬 더 좋다"
라고 하시는 것처럼. 모든 상황이 그렇게 흘러갔습니다. 그 후로 시
간이 2년 넘게 흘렀지만, 아직 그때의 '에어팟 프로'를 잃어버리지
않고, 잘 쓰고 있습니다.

이것들이 다 '우연'일까요?
왜 하필 그때, 그렇게 찾아도 에어팟을 찾지 못했을까요?
그리고 나중에 찾았을 때, 왜 또 금방 고장이 나 버린 것일까요?

다시 원래 이야기로 돌아가서.

저는 에어팟 프로를 써보기 전까지, 에어팟 프로를 '왜 그 비싼 돈
을 주고 사는지' 이해를 하지 못했습니다. '노이즈 캔슬링의 가치'에
대해서도 이해하지 못했었습니다. '지레짐작으로 어떨 것이다'라고
저만의 착각을 하고 살았었습니다. 저는 이번 일로 큰 교훈을 얻었
습니다.

내가 경험해 보지 못한 것을
섣불리 단정 지으면 안 되는 것이구나.
먼저 길을 걸어가 본 사람의 말은 귀담아들을 만한 가치가 있구나.

내가 가보지 않은 길은, 내가 믿을 수 있는 사람을 '믿음'으로서
믿음에 의지할 수밖에 없구나.
'믿음'이라는 것이 이래서 중요하구나.
하는 생각이 들었습니다.

내가 무지할 때, 믿을 것이라고는 '믿음' 뿐이구나.
나에게는 올바른 스승, 올바른 가르침을
선별하는 능력이 필요하고.
그것을 선별한 후에는
그들에 대한 '믿음'을 가지는 것이 매우 중요하구나.
하는 것을 알게 되었습니다.

'히말라야 정상'에 직접 오르기 전까지는
절대 내 알음알이로 그것이 어떨 것이라고 단정 지으면 안 됩니다.

'마음공부'를 해서 어느 정도 경지에 오르기 전까지는
절대 내 알음알이로 그것이 어떨 것이라고 단정 지으면 안 됩니다.

어느 정도 올랐다고 해서
절대 그곳이 '정상'이라고 착각해서도 안 됩니다.

항상 '내가 틀릴 수 있음'을
명심하고 또 명심해야 합니다.

내가 직접 봤다고,
내가 직접 체험해 봤다고,
그것이 전부인 양, 진실인 양, 착각해서도 안 됩니다.

이 세상에는, '세상 사람들 대다수'가
'참'이라고 알고 있는 것 중에서도
틀린 것이 수두룩합니다.
하물며 '내'가 '맞다'고 생각하는 것이
꼭 '참'일 수가 있겠습니까?

이 세상은 '아는 만큼' 보이는 법입니다.
알면 알수록, 보이고.
보면 볼수록, '내가 틀렸음'을 알게 될 뿐입니다.
그러니 모든 것을 나의 알음알이만으로 판단하지 마십시오.
'아는 만큼만' 보이는 법이니까요.

아무리 내 머리를 굴려봐도 해법이 보이지 않을 때는
나의 알음알이만으로 판단하지 마시고
인생 선배(선지식)의 도움을 받아 보십시오.
어차피 내 눈에는 내가 '아는 것만' 보이니까요.

인생 선배의 조언.
그것이 속담이고, 격언이고, 책이고, 고전이고, 성경이고, 경전입니다.

그 말씀들이 다 인생의 공략집, 지름길, 사용설명서입니다.

그 성현들의 말씀이 틀리지 않았음을 아는 것만 해도

인생의 큰 방향을 잘 잡은 것이라고,

저는 생각합니다.

다 때가 있습니다

　저희 치과에 오신 어떤 환자분의 이야기입니다. 이런저런 상담을 하다가 '지혈'에 관한 이야기가 나왔습니다. 그분은 지금 '항응고제'를 드시고 계셔서, 지혈이 잘 안된다고 하셨습니다. 나이는 49세로, 그리 많은 편이 아니었으며, 겉모습도 멀쩡하신 여성분이었습니다.

　"왜 항응고제를 드시고 계세요?"

그분은 뇌혈관질환이 있다 하셨습니다. 스텐트 시술도 받았다고 하셨습니다. 그래서 예방적으로 '항응고제'를 드시고 계셨던 것이었습니다. 때마침 진료실이 바쁜 상황이 아니어서, 저는 이것저것 더 여쭤보았습니다. 그러다가 어느 순간, 그분의 '말문'이 터졌고, 그분은 이제 제가 질문하지 않았는데도, 이것저것 '하소연'하셨습니다.

남편과 사별한 것
아이들을 혼자 키우고 있는 것
시댁과 사이가 안 좋은 것
시누가 자기더러 상속 포기를 하라고 해놓고선
남편의 유산을 가로채려 했다는 이야기
본인의 언니도 뇌혈관질환 수술을 받았다는 이야기
본인의 병은 유전이라는 이야기
평소 잠을 잘 못 주무신다는 이야기 등등…

이런저런 이야기를 하시면서 억울함에, 속상함에,
잠시 울먹이는 모습도 내비치셨습니다.

잠시 동안의 대화였지만, 짠한 마음이 들었습니다. 어떤 상황인지 대충 짐작이 갔습니다. 그분을 도와드리고 싶었습니다. 무엇이 문제이고, 어떻게 해야 하고, 무엇을 바꾸어야 하는지 알려드리고 싶었습니다. 그래서 저는 '먹는 것', '잠자는 것'에 관한 이야기를 잠깐 해보려고 했습니다. 그런데…

"지금 출근해야 해서요"

저는 잠시 당황스러웠습니다. 본인의 '생명'과 관련된 중요한 이야기를 하려 하는데 출근을 해야 한다고???

"평소 책은 좀 읽으십니까?"
"애들 키우느라 정신이 없어서 시간이 없어요"

저는 제가 좋아하는 '다이어트 불변의 법칙' 책을 '자연치유'가 필요한 치과 환자분께 많이 나눠드리고 있습니다. 하지만 책을 읽어보겠다는 '의지'가 없는 분들에게까지 책을 나눠드리지는 않습니다. 환자분들께 '숙제'를 내고 싶은 생각은 없기 때문입니다.

그 환자분의 "지금 출근해야 해서요"라는 말이 무슨 뜻인지, 저는 잘 알고 있습니다. 본인이 말을 하고 싶어서 하소연할 때는, 시간 가는지 모르고, 쭉 이야기해서 놓고, 제가 '자연치유'에 관한 이야기를 하려고 하니, '듣고 싶어 하지' 않는 것입니다.

살다 보니, 이제 이런 상황이 '어떤 뜻'인지도 잘 알게 되었습니다.

제가 누군가를 돕고 싶어도,
그분이 '도움을 받을 준비'가 안 되어있는 상황.
즉, 아직 '때가 아닌 것'이지요.

"진호야, 너의 마음은 잘 알겠으나, 이 사람은 아직 때가 아니다. 섣불리 도우려고 나서지 말거라. 괜히 섣불리 도우려 하다가는, 이 사람을 오히려 '망치는' 결과를 부른다. 거기서 멈추거라"
라고 누군가 제게 말씀하시는 것 같았습니다.

저는 상황이 이렇게 진행되면, 더 이상 나서지 않습니다.
'모든 일들에 다 때가 있다'는 말을
이제 어느 정도는 이해하기 때문입니다.

때가 되지 않았을 때, 저도 많이 발버둥 쳐 봤고,
누군가를 돕는답시고,
오지랖 넓게 '이래라저래라' 하기도 많이 해봤습니다.
'억지로' 시켜보기도 했으며, 옆에서 지적질 하고,
'코칭'이랍시고 '간섭'해 보기도 했었습니다. 그런데…

저의 '오지랖'은 그 사람에게 실질적인 도움이 안 되었을 뿐만 아니라, 참 신기하게도, 그럴 때마다, 저에게 '재앙'이 오는 것을 느꼈습니다. 재앙까지는 아니라도, 멀쩡한 그릇이 손에서 미끄러져 박살이 나질 않나, 그날따라 자동차 타이어에 펑크가 나질 않나, 평소 아무 일 없이 잘 쓰던 고가의 치과 장비가 고장 나지를 않나. 그런 적이 한두 번이 아니었습니다. 단순한 '우연'이라고 하기엔 빈도가 너무 잦았습니다. 50:50의 확률이 아닌, 55:45의 느낌이라고 할까요? 그 빈도수가 확실히 일반적인 정규분포를 벗어난 느낌을 받았습니다.

앞에서 말씀드렸다시피 저는 이 세상에 '우연은 없다'고 생각합니다. 저도 압니다. 이런 생각이 때론 위험하고, '자기 편향적 사고' 때문에, 단지 저에게 그렇게 보이는 것일 뿐, 사실 아무런 의미 없는 '우연적인 현상'일 뿐일 수도 있다고…

하지만, 세상에 일어나는 '우연한 일들'에는
우리들이 생각하는 것보다
훨씬 더 많은 '의미'들이 담겨있는 것 같습니다.
그리고 거기에는 '누군가의 의도'가
분명하게 들어있는 것 같습니다.

제가 왜 그렇게 생각하느냐?
그런 우연에서 저는 '일정한 패턴', '방향성'을 보았기 때문입니다.

'미시적 우연, 거시적 필연'

그래서 저는 그 여자 환자분에게 저의 오지랖을 멈추었고,
그냥 일반적인 치과의사로서의 역할만 하고
그 환자분을 돌려보내 드렸습니다.
어떤 일에 '다 때가 있음'을 알고 나서부터,
저는 남들을 도울 때도 조심합니다.

상대가 나의 선의를 받을 '준비'가 되었는지,

나의 도움을 받을 '때'가 되었는지,

실질적인 도움이 되겠는지,

그걸 먼저 따져보게 되었습니다.

그리고 이제, '때'가 아닐 때는, 함부로 나서지 않습니다.

'때'가 아닐 때는, 나의 '오지랖'이 그들에게 도움이

되지 않는다는 것을 알게 되었기 때문입니다.

하나님께서 만약, 어떤 사람에게 '재앙'을 주신다면,

그것은 그분께서 '재앙'을 주려고 그러시는 것이 아닙니다.

제가 저의 '좁은 시각'으로 그것을 '재앙'으로 바라보아서 그렇지.

크게 보면, 그 재앙 속에 그분의 '사랑'이 담겨 있는 것입니다.

그 재앙을 계기로 그 사람이

'더 올바른 방향'으로 나아갈 수 있도록,

혹은 그 재앙을 발판 삼아 그 사람이 '더 크게 성장'할 수 있도록,

그분을 '도와주려' 하시는 것입니다.

그런데 그분의 그런 '큰 뜻'도 모르고,

제가 함부로 오지랖을 피우려 했던 것입니다.

그래서 저에게 '브레이크'를 거셨던 것입니다.

때가 아닐 때는, 아무리 발버둥 쳐봐도 안 되던 일들이.
때가 되면, 너무 쉽게 저절로 알아서 진행되는 경우가 많습니다.

그런 현상을 보면, 인생에는 진짜 다 '때'가 있는 것이 아닌가
하는 생각을 지울 수가 없습니다.

세상에는 억울한 일도, 억울한 사람도 없습니다

앞에서 이야기한 환자분의 이야기를 좀 더 해보려 합니다.
그분은 이렇게 말씀하셨습니다.

시댁과 사이가 안 좋다고.
시누가 남편의 유산을 가로채려 했다고.
그리고 평소 잠을 잘 못 주무신다고.

여러분은 이런 이야기를 들으면 어떤 생각이 드십니까?
제가 하고 싶은 이야기를 눈치채셨습니까?

그렇습니다. 관계에 있어, '일방적인 관계'는 없습니다.

'A가 B를 때렸다'는 것은, 예전에 'B가 A를 때렸다'는 뜻입니다.
안 봐도 당연한 이야기지 않습니까?
왜 시댁에서 이분을 이유 없이 미워하겠습니까?

서로서로 '반반' 책임이 있다는 말입니다.
모든 '불화'는 서로서로 '50대 50'의 책임이 있습니다.
그러니 억울해하기만 할 일이 아닙니다.

평소 얼마나 사이가 나빴으면,
오죽했으면 시누가 그렇게까지 했겠느냔 말입니다.

돈 버는 것 = 돈 쓰는 것
주는 것 = 받는 것
내가 맞았다는 것 = 과거 내가 때렸다는 것
사기당했다는 것 = 과거 내가 누군가를 속였다는 것
내가 괴롭다는 것 = 과거 내가 누군가를 괴롭혔다는 것

이치가 이러합니다. 잘 생각해 보십시오.

여러분은 가만히 있는 개를
아무런 이유 없이 발로 찬 적이 있으십니까?

여러분은 가만히 있는 사람을
아무런 이유 없이 따귀를 때린 적이 있으십니까?
여러분은 아무런 이유 없이 누군가에게 욕을 한 적이 있으십니까?

어떤 사람이 예전에 나한테 피해를 줬다던가,
모욕을 줬으니까 내가 그를 때리려 하는 것 아닙니까?

다 이유가 있는 것입니다.
때로는 이유가 단순하지 않고, 복잡하게 얽혀있어서,
명확한 '하나의 이유'로 드러나지 않아서 그렇지.
원인이 없는 일은 없습니다.

그게 다 전생의 일이고, 오래전의 일이라
나의 '의식'이 잊어버리고, 기억하지 못해서 그렇지.
'무의식'은 하나도 잊지 않고, 모든 것을 다 알고 있습니다.
그래서 처음 본 사람 중에서도
괜히 밉고, 기분 나쁜 사람이 있는 것입니다.
반대로 오늘 처음 본 두 남녀인데 서로 이끌려
하루 만에 역사를 쓰는 경우도 있습니다.
저는 '무의식'이 모든 것들을 다 알고 있기 때문에
이런 현상들이 벌어지는 것이 아닌가 생각해 봅니다.

하늘은 짓지 않은 죄에 대해 벌하는 법이 없습니다.

이 문장 하나를 '진정으로' 알게 되면, 그때부터,
행동 하나하나에, 말 한마디 한마디에,
매사 조심하게 됩니다.

그때부터 새로운 '업'을 덜 짓게 됩니다.
이것이 바로 석가모니 부처님께서, 예수님께서 우리에게 주신
인과법因果法이라는 크나큰 선물인 것입니다.
밑 빠진 독에 구멍을 막아주시는 것입니다.

이 인연법을 철저하게 알게 되면,

이 세상에 '억울한 일'이 하나 없고,
'억울한 사람'도 없음을 명확하게 알게 됩니다.

그때부터 이 사람은 '지옥으로 가던 열차'에서
스스로 뛰어내리게 됩니다.

사랑받지 못해서 힘들어하는 분들에게

남들을 도와줘 보면,
내가 평소에 남들에게 도움을 많이 받았었구나,
하는 것을 알게 됩니다.

내가 크게 답답해 보면,
내가 평소에 남들을 많이 답답하게 했었구나,
하는 것을 알게 됩니다.

내가 상처를 받아보면,
내가 평소에 남들에게 많이 상처 주었구나.
하는 것을 알게 됩니다.

사랑받지 못해 힘들어하는 사람은
보나 마나 남들에게 사랑을 주지 않은 사람입니다.

사랑을 줘보면,
본인이 얼마나 많은 사랑을 받고 있었는지 모를 수가 없습니다.

재테크에 올인하지 마십시오

주식이든 부동산이든, 열심히 '재테크'에만 올인하는 분들이 주위에 종종 있습니다. 제 주변에도 그런 어떤 분이 계셨습니다. 어떻게든 돈을 불려보려고 열심히 하셨습니다. 책도 보고, 강의도 듣고, 공부도 하고… 열심히 하셨습니다.

그런데 한 발 떨어져서 그분을 보니, 그분은…

'나만 잘살면 돼'

라는 생각을 가지고 계셨습니다. 그분은 주식을 팔아도 꼭 '꼭대기'에서 팔고 싶어 하셨고, 집을 팔아도 꼭 '최고점'에서 팔고 싶어 하셨습니다. 내가 판 집을 '산 사람'도 이익을 좀 볼 수 있는 가격으로 팔려는 마음이 없었습니다. '나는 나고, 너는 너다'라는 생각이 강했습니다.

하늘이 그분의 마음을 어찌 아셨는지. 그분의 투자는 아무리 시간이 지나도, 아무리 주식을 공부하고, 기업을 분석하고, 최신 정보를 얻는다 해도, 투자하는 족족 '상투'였습니다. 분명 '바닥'이라고 생각하고 들어갔는데, '지하'로 떨어지고, 늘 그런 식이었습니다.

안 풀려도 어떻게 저렇게 일이 안 풀리나?
단순히 '확률'로는 '말이 안 된다'고 생각을 했습니다.

확률 말고 '뭔가'가 있구나…
하는 생각이 들었고, 지금 와서 보니,
그분의 '마음'이 문제였습니다.
'나만 잘살면 된다는 이기심' 그것이 문제였던 것입니다.

재테크에 성공하는 비법은 '다 같이 잘 살아가려는 마음' 그것이 있어야 합니다. 개인사업을 하든, 직장에 다니든, '다 같이 잘 살아가려는 마음'을 가진 사람은 어디서든 환영받습니다.

120%를 일하고, 80%만 받으려는 자세를 가진다면, 그 사람은 어디서든 환영받습니다. 그렇게 하면 그 '일한 가치'와 '실제로 받은 보수'의 격차가 생깁니다. 이 격차는 그대로 '적립'됩니다. 어디에? '허공법계', '아카식 레코드' 뭐라고 이름 붙이든 상관없습니다. 아무튼 이것이 우주에 '적립'이 됩니다. 그러다가 때가 되면, 시기가 무르익으면, 그것이 '주식투자'라는 이름으로, '부동산투자'는 이름으로, 혹은 '횡재'라는 이름으로, '로또', '경품'이라는 이름으로, 그 사람의 인생에 나타나는 것입니다.

제 말을 무조건 믿으라는 것이 아닙니다. 여러분 주변의 사람들을 잘 한번 살펴보십시오. 투자로 성공하신 분들을 떠올려 보십시오. 운이 좋은 사람들을 한번 보십시오. 그분들이 평소 어떻게 행동했고, 평소 어떤 마음가짐을 가진 사람이었는지를. 그분들이 '나'만을 생각하던 사람이었는지를 '넓은 안목'을 가지고 살펴보십시오.

어떤 일의 '원인'이라는 것은 한두 가지가 아닙니다.
그렇기에 '마음가짐'과 '재테크'가 항상 100% 정비례한다고, 제가 주장하는 것은 아닙니다. 단지, '양의 상관관계가 있더라'는 말씀을 드리는 것입니다. 100%는 없습니다.

운동을 한다고 다 건강해지는 것도 아니고,
좋은 식재료를 쓴다고 음식이 다 맛있어지는 것도 아닙니다.

하지만 우리는 '운동하면 건강해진다'라고 말하고,
'좋은 식재료를 써야 음식이 맛있다'라고 말합니다.

마찬가지입니다. 세상 사람들과 '더불어 살아가는 마음'을 가져야
'재테크'가 잘 됩니다. 자기 '직업 활동'으로 도움을 주든, 부모님께
효도를 하든, 환경보호를 하든, 자선사업을 하든, 내가 먼저, 사회에
뭔가 공헌을 하고 기여를 해야, 사회 역시 나에게 뭔가를 돌려주는
것입니다. 때론 돈으로, 때론 건강으로. 때론 인기로.

주식 공부, 경매 공부만 계속한다고 재테크가 되는 것이 아니라는
말입니다. 내가 먼저 사회에 무엇인가 '기여'를 해야 하고, 그리고 그
것이 장시간 일관되게 유지가 되어야 하고, 시간이 지나, '때'가 되면
(10년쯤 지나), 물질적인 보상으로 나에게 돌아온다는 말입니다.

시야를 크고 넓게, 긴 시간을 두고 살펴보십시오.
이 말은 틀릴 수가 없습니다.

'세상에 공짜 없다'는 말… 그 말이 진리입니다.
'연기법'을 깨달으신 우리 조상님들이,
그 어렵고 이해하기 힘든 '연기법의 심오한 뜻'을
어찌 저렇게 쉬운 '한 문장'으로 표현을 하셨을까 하고,
감탄이 절로 나옵니다.

부자 되는 법

부자 되는 법은 간단합니다. 너무 간단해서 송구스러울 정도입니다.

"부자가 되는 원인을 지으면 됩니다" 다시 말씀드립니다.
"부자가 되는 원인을 지으면 부자가 됩니다"

부자가 되는 방법은 이미 다 나와 있습니다. '책 속'에 이미 다 나와 있습니다. 여러분께서 '원하시기만 하면', 그것은 여러분의 현실 속에 나타날 것입니다. 정말입니다. 대신 '간절히' 원하셔야 합니다.

그리고 나의 뭔가를 '포기'할 각오를 하고, 원하셔야 합니다. 세상에 공짜는 없습니다. 모든 '거래'는 등가교환-(같은 가치를 주고받는 것)입니다. 나의 '시간'을 투자하든, 나의 '열정'을 투자하든, 나의 '노동력'을 투자하든, 나의 '기술'을 투자하든, 무엇이든, '재료'를 넣어야 '결과물'이 나옵니다.

'두드리면 열리고, 구하면 구해집니다'
이 말을 믿으시는 분들에게는 그 믿음대로,
실제로 '현실'로 나타날 것이고,
이 말을 믿지 않으시는 분들에게는,
역시 그분들의 믿음대로, 현실로 나타나지 않을 것입니다.
그래서 '믿는 자에게 복이 있다' 하셨습니다.

이 세상은 정말 믿는 대로 이루어집니다.
저도 한때, 이 말을 믿지 않았습니다.

나는 '사람'이고,
나는 '지구 안'에 살고 있는 여러 명의 인간 중,
한 명의 인간이라 생각했습니다. 그런데 진실은 그게 아니었습니다.

내가 '지구 안'에 살고 있는 것도 맞지만,
이 지구가, 이 우주가 내 '꿈속'에 있는 것 역시 사실이었습니다.
나는 '지구 안'에 있고, 지구는 '나의 의식 안'에 있는 것이었습니다.

꿈속에 있는 모든 사물들이 다 나의 '꿈속'에 있듯이, 이 '현실' 또한 '꿈'과 그 생성 원리가 똑같았습니다. 말이 '현실'이지, '현실 같은 꿈'이라는 표현이 더 정확한 것 같습니다. 그래서 내가 '생각'하는 것이 자꾸 나의 '현실'에 나타나는 것입니다. 그래서 어떤 사람을 생각하면, 그 사람한테서 전화가 오고, 어떤 물건을 생각하면, 그 물건이 내 지인의 손을 통해 나에게 오는 것입니다.

부자가 되기 위해서 이 원리를 이용하는 것입니다. '부자 되는 법이 적힌 책'을 간절히 원해 보십시오. 기도해 보십시오. 2주간, 물을 한 컵 떠 놓고, 간절히 기도해 보십시오. 그리고 매일 그 물을 마셔보십시오. 물은 '마음'을 보관할 수 있는 '그릇'입니다. 그래서 '물기도'를 하면, 성취가 빠릅니다. 오래전 어머님들이 정화수를 떠다 놓고 기도를 드린 것이 다 과학적인 백그라운드가 있는 이야기였습니다.

'물'은 '마음'을 보관할 수 있는 '그릇'이기에, '물이 있음'은 곧 '생명체가 있음'을 뜻합니다. 그래서 '어떤 행성에 생명체가 있나 없나'를 논할 때 '물이 있나 없나'를 살피는 것입니다.
'물=생명'인 것입니다.

물기도를 하실 때 다음과 같이 기도해 보십시오.

하나님(부처님, 예수님) 이제부터 열심히 살아보겠습니다.
'사회'에 뭔가 도움 되는 사람이 되겠습니다.
저의 '주변 사람들'에게 도움이 되는 사람이 되겠습니다.
주변 사람들을 도울 수 있게, 저에게 힘을 주십시오.
그러기 위해, 저에게 먼저 '부자 되는 법'을 알려주십시오.
그런 '씨앗'이 될 '책'을 한 권, 저에게 보내주십시오.
제가 부자가 되면, 절대 '저 혼자만을 위하는 사람'이 아닌,
'모두에게 도움이 되는 사람'이 되겠습니다.

이렇게 물기도를 해보시면, 2주 안에 '현실 세계'가 움직입니다.
그래서 진짜 어떤 '책'이 내 앞에 나타납니다.
친구에게 추천을 받든, 유튜브 영상에서 추천을 받든,
지나가던 서점에서 특정 책에 필이 팍 꽂히든,
'좁게 보면 우연'이겠지만,
'크게 보면 필연'인 어떤 사건이 나타납니다.

그렇게 시작하는 겁니다. 그렇게 '첫 계단'을 밟으십시오.

그리고 그 '운명의 책'을 읽으십시오. 그 책을 3번, 4번, 5번. 계속 반복해서 읽으십시오. 그 책은 '씨앗'입니다. 너무 조급해하지 마시고, 계속 읽으십시오. 현실은 그렇게 빠르게 변화되지 않습니다. 저를 믿으시고, 그 한 권의 책만 계속 읽으십시오. '때'가 되면 그 씨앗에서 '싹'이 틉니다. '때가 되면', 그 '책'이 무슨 말을 하려 했는지,

그 책의 '저자'가 무슨 말을 하려 했는지, 하나님께서 나에게 무슨 '메시지'를 주려고 하셨는지를 스스로 알게 됩니다.

그러면 그다음에 무엇을 해야 하는지 '저절로' 알게 됩니다.
그러면 그때, 두 번째 계단을 밟으십시오.
두 번째 계단을 밟으면, 세 번째 계단이 보입니다.
그렇게 한 계단씩 올라가면 됩니다.

시행착오에 당황하지 마십시오.
그것 역시 다 '하나님의 뜻'입니다.
그것 역시 다 '배움의 과정'입니다.
어느 것 하나 버릴 것이 없습니다. 다 취하십시오.

어느 순간에는 아시게 될 것입니다.
'아 진짜 내 뒤에 하나님이 계시는구나. 다 보고 계셨구나'

그때 눈물이 나면 흘리셔도 좋습니다. 눈물은 거짓말을 못 합니다.
하나님과 가까워지면, '가슴'은 본능적으로 알게 됩니다.
그래서 '눈물'이 나는 것입니다.

노래를 듣다가 '눈물'이 나고,
친구의 위로를 받다가 '눈물'이 나는 것.

그것은, 다 하나님의 노래이고,

하나님 위로라서 그렇습니다.

'눈물'의 의미를 잘 알아두십시오.

눈물은 하늘이 주신 '나침반'입니다.

'올바른 방향'으로 잘 가고 있다는 뜻입니다.

그러니 눈물이 나면, 기뻐하십시오.

내가 태어나기 전, 내가 처음 계획한 대로 잘 나아가고 있구나…

나의 영혼이 잘 '성장'하고 있구나.

라고 생각하시면 됩니다.

부자 되는 법 – 물기도.

진짜 효과가 있는지 없는지 꼭 한번 실험해 보십시오.

이것은 '요술램프'입니다.

여러분들은 모두 '마법사'입니다.

본인이 그런 능력을 가지고 있다는 것을 모르고 있을 뿐.

기억하십시오.

이 세상은 여러분들이 믿는 대로 이루어집니다.

여러분들은 모두 '마법사'입니다.

본인이 그런 능력을 가지고 있다는 것을 모르고 있을 뿐.

이 세상은 여러분들이 믿는 대로 이루어집니다.

인과법은 '착하게 살아라'라는 말이 아닙니다

저는 살아가면서 '착하게 살아야 한다'고 생각하며 살아가는 분들을 많이 보았습니다. 그런데 그런 분들 중에서 저는 진정으로 '착한 사람'을 보지 못했습니다. 그리고 '지혜로운 분'도 보지 못했습니다. '인과를 안다'는 것은 절대 '착하게 살아라'는 말이 아닙니다.

'선인선과 악인악과' 이 말 또한, 착하게 살아야 좋은 과보를 받는다는 말이 아닙니다. 착하게 산다고 다 착한 과보를 받는 것이 아닙니다.

'좋은 과보'를 받는 일은 따로 있습니다.
때로는 상대방에게 'No' 할 줄도 알아야 하며,
때로는 상대가 괴로워하더라도
냉철하게 '돕지 말아야 할 때'도 있습니다.
상대가 너무 모를 때는, 적당히 '생색'도 낼 줄 알아야 합니다.

상대를 위하는 마음인 '이타심利他心'은
나 자신을 사랑하는 마음인 '이기심'에 기반을 두고 있습니다.
상대에게 잘해주는 것이 '나에게도' 좋으니,
'더불어 살아가는 전략'을 쓰는 것입니다.

인과법은 철저히 '이기적'인 가르침입니다.
'철저히 이기적'이다 보니, '최고로 이타적'인 가르침입니다.
남들을 위하는 것이 결국 '나에게도 유리하다'는 것입니다.

극極과 극은 서로 통하게 되어있습니다.
'밤 12시'는 '0시'와 같은 것입니다.
극한으로 '차가운 것'은 '화상'을 입게 합니다.
'무한정'으로 주는 것은 '하나도 주지 않은 것'과 같습니다.
마찬가지로 '최고의 이기심'은
'최고로 이타적인 것'과 같습니다.

남들을 위하는 것이 나에게 유리하기 때문에,

남들에게 잘해주라는 것입니다.

인과법은 '착하게 살아라'는 말이 아니고,

'현명하게 살아라'는 말입니다.

 나에게도 좋고 상대에게도 좋은, 그런 방법을 자꾸 모색하는 사람이 결국 잘살게 됩니다. '나를 희생시키는 사람'은 절대 오래가지 못합니다. 동력 자체가 약할 수밖에 없습니다. 모든 인간은 '몸을 가진 존재'라서 이기심을 버릴 수가 없습니다. 그 이기심을 '현명하게' 잘 활용하는 것이 '지혜'라 할 수 있습니다.

 선인선과를 '착하게 살아야 착한 과보를 받는다'라고 생각하지 마십시오. 인과법은 그렇게 '단순하지' 않습니다. 수많은 요인이 거미줄처럼 묶여있기 때문에 '착하게 살면 반드시 착한 과보를 받는다'라고 한 마디로 그렇게 단정 지을 수가 없습니다. 하지만 그래도 '표현'하기를 '선인선과 악인악과'라고 표현할 수밖에 없으니, 그냥 그렇게 표현하는 것일 뿐입니다. 그 말의 '본뜻'을 잘 이해하셔야 합니다.

그러니 '선인선과 악인악과'는 '착하게 살아라'가 아닌
'현명하게 살아라'는 뜻으로 보는 것이 맞습니다.
'착한 사람'이 아닌 '현명한 사람', '지혜로운 사람'이
'좋은 과보'를 받습니다.

인과는 철저히 '이기적'인 가르침입니다.
'철저히 이기적'이다 보니, '최고로 이타적'인 가르침입니다.
남들을 위하는 것이 결국 '나에게도 유리하다'는 것입니다.

인과법은 '착하게 살아라'는 말이 아니고,
'현명하게 살아라'는 말입니다.
'착한 사람'이 아닌 '현명한 사람', '지혜로운 사람'이
'좋은 과보'를 받습니다.

선행과 악행은 그 '의도'에 달려있습니다

어느 날 저희 집에서 행동이 굼뜬 모기를 한 마리 발견했습니다. 매우 몸이 무거워 보였습니다. 손바닥으로 휙 바람을 일으켰더니 아니나 다를까? 몸이 워낙 무거워서 바닥에 떨어졌습니다. 그 모기를 생포했습니다. 그리고 찍은 사진이 다음 사진입니다.

모기는 '해충'이니까 다른 사람들이 물리지 않게 하기 위해 모기를 죽이는 것이 선행일까요? 아니면 모기도 생명이 있고, 어찌 보면 지금 이 모기는 '임신' 중인 상태나 마찬가지이니, 그 작은 생명 하나하나를 생각해서 풀어주는 것이 선행일까요? 어떻게 생각하십니까?

잠시 책을 덮고, 1분 만이라도 생 각을 해보십시오.

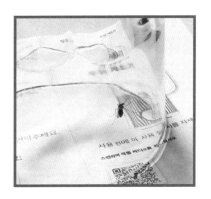

저도 그 순간 잠시 고민에 빠졌습 니다. 과연 어느 것이 선행일까? 어느 선택이 '나'에게, 그리고 '모 두'에게 이익일까? 생각했습니다.

　사람들은 보통 모기가 '해충'이라고 생각합니다. 하지만 그렇지 않습니다. 그것은 '근시안적인' 사고입니다. 그것은 '한쪽' 면만 보는 행동입니다. 모기는 해충이 아닙니다. 절대 해충이 아닙니다.

　해충이라는 뜻은 '사람들에게 해로운 곤충'이라는 뜻입니다. 하지 만 모기는 꽃가루를 수술에서 암술로 옮겨줘서 꽃을 수정시키는 일 도 하고, 그 새끼들(장구벌레)을 많이 낳아서, 수중 생물들에게 먹이 를 제공해서 '수중 생태계를 유지'하는 역할도 합니다. '수중 생태계' 가 원활하게 돌아가야, 우리가 살아가는 '육지 생태계' 역시 원활하 게 돌아갑니다.

'벌'(bee) 하나만 멸종해도 우리 전체 인류는 몇 년 내에 '함께 멸종한다'는 연구도 있지 않습니까? 그처럼 우리는 모두 독립적으로 존재할 수가 없습니다. 서로서로 의지하며 존재합니다.

'모기와 사람', 이렇게만 볼 것이 아닙니다.
이렇게 보면 모기는 분명 '해충'이지요.

하지만,

모기와 꽃 · 수정 · 열매 · 과일 · 나무 · 산소 · 자정작용 · 호흡 · 사람
이렇게 보면 모기와 사람은 '공생관계'인 것입니다.
해충도 없고, 익충도 없고, 선행도 없고, 악행도 없는 것입니다.

이쪽에서 보면 해충이고, 저쪽에서 보면 익충이고,
이렇게 보면 선행이고, 저렇게 보면 악행인 것입니다.

그렇다면 선행도 없고, 악행도 없는 것이냐?
그것 또한 그렇지 않습니다.
분명히 선행과 악행은 존재합니다.
그에 따른 과보 역시 존재합니다.

정답은 바로 '의도'에 있습니다.

모기. 이노무XX. 니가 감히 내 피를 빨았어?
날개와 다리를 하나씩 하나씩 뜯어서 고통스럽게 죽여주마.

이렇게 생각하며 모기를 죽이게 되면, 굉장히 큰 과보를 받게 됩니
다. 필시 나와 나의 가족의 건강에 '나쁜 영향'을 끼칠 것이라고 저
는 생각합니다.

하지만 똑같이 모기를 죽이더라도

내가 지금 이 모기를 죽이지 않으면, 이 모기가 알을 수백 개나 낳
을 것이고, 그러면 또 다른 많은 사람들이 모기에 물리게 될 것이고,
많은 사람들이 전염병에 노출이 되겠지? 안타깝지만 내가 과보를
좀 받더라도, 죽여야겠다. 미안하다 모기야.

이렇게 생각하면서 모기를 죽인다면,
그 과보가 그 앞의 경우보다는 훨씬 적을 것이라 생각합니다.

이처럼 '행동 자체'에는 선함도, 악함도 없다고 생각합니다. 이쪽
에서 보면 선행, 저쪽에서 보면 악행이지요. 독사가 병아리를 물고가
려 할 때, 병아리를 살려주는 행위조차도, 병아리로서는 제가 '생명
의 은인'이지만, 독사의 입장에서는 제가 '식사 훼방꾼' 즉 원수가 되
는 것입니다. 양쪽에 다 선善을 행할 수는 없는 법입니다.

그래서 저는 다음과 같이 생각하고 행동했습니다.

　모기야, 이 세상을 위해 좋은 일을 한다고 수고가 많다. 힘들게 빨아 먹은 피로 너의 새끼들을 잘 키워서, 짧은 인생이지만 행복하게 잘 살아 보렴. 잠시나마 좋은 가르침을 줘서 고맙다 모기야.
다음에 또 좋은 인연으로 만나자. 안녕.
하면서 풀어주었습니다.

　모기를 '죽이고', '살리고'에 정답이 있는 것이 아닙니다.
　모기를 죽이고 살리는 것에 상관없이, 그 '의도'가 선하냐, 악하냐에 따라 선행도 되고, 악행도 된다고 저는 생각합니다. 그리고 많은 성현들께서 그와 똑같은 말씀을 하셨습니다. 저는 그 말씀이 맞다고 생각합니다. 행동 자체만 봐서는 '선악'을 판단할 수가 없습니다. 행동 자체는 선도 악도 아닌 공空이기 때문입니다.

누군가가 나에게 무리한 금전 부탁을 요구했을 때,
그것을 들어줘야 할까요? 들어주지 말아야 할까요?
부탁을 들어주고 안 들어주고, 그것은 중요하지 않습니다.
그것을 들어준다 하더라도 '그 사람을 위해서' 들어주고,
거절한다 하더라도 '그 사람을 위해서' 거절한다면,
이래도 선행, 저래도 선행이 되는 것입니다.

자녀를 체벌하더라도,
자녀를 위해서 교육 목적으로 때리면 선행.
화풀이하려고 때리면 악행입니다.

똑같이 배우자의 요구를 들어주더라도,
사랑해서 들어주면 공덕이 있고.
귀찮아서 들어주면 공덕이 없습니다.

똑같이 아끼고 절약하더라도,
지구를 위해서 아끼면 크게 선행.
나를 위해서 아끼면, 그 선함이 많이 약해집니다.

똑같이 도를 닦더라도, 전 인류를 위해 도를 닦는 것과
나 자신만의 행복을 위해서 도를 닦는 것에는
결과 면에서 큰 차이가 있을 것입니다.

기억하십시오. 이것은 매우 중요한 내용입니다.
'선악의 기준'은 행동 그 자체가 아닌, '의도'에 달려있습니다.

'하나' 안에는 '모든 것'이 다 들어 있습니다

   그 사람의 '옷차림' 하나만 봐도, 대충 그 사람의 '인품'을 짐작할 수 있습니다. 마찬가지로 그 사람의 '책상 정리' 상태만 봐도, 대충 그 사람이 어떤 사람인지 가늠할 수 있습니다. 그 사람의 '운전습관' 하나만 봐도, 많은 것을 알 수 있으며, 그 사람이 '약속 시간'을 잘 지키는지, '하나'만 봐도 그 사람에 관해 '많은 것'을 알 수 있습니다.

이 원리를 가리키는 말이 바로

일즉일체 다즉일—即—切　多即—
일미진중 함시방—微塵中　含十方
이라는 말입니다. (화엄경 법성게)

직역하자면,

하나가 곧 전체이고, 전체가 곧 하나라는 말입니다.

하나의 티끌 속에 온 우주가 다 들어있다는 뜻입니다.

'작은 것' 안에,

'전체'가 지닌 속성이 다 들어있다는 뜻입니다.

뉴욕 지하철에서 범죄가 끊임없이 발생했었습니다. 그 어떤 방법을 써도 범죄가 끊이지 않았습니다. 그러다가 다음과 같은 3가지 작은 일을 철저하게 했더니, 범죄율이 말도 안 되게 개선되었다고 합니다.

1. 지하철 벽의 낙서 제거
2. 쓰레기 못 버리게 하기
3. 무임승차와 같은 경범죄 단속

신기하지 않습니까? 범죄를 직접적으로 단속하지 않았음에도 불구하고, '작은 일'을 단속하는 것이 범죄율을 현격히 떨어뜨린다는 사실이. 이를 '깨진 유리창 이론(Broken Windows Theory)'이라고 합니다.

공터에 두 대의 자동차를 방치시키고 난 후, 한쪽 자동차는 그대로 두고, 나머지 한 자동차는 '창문만' 일부러 조금 깨뜨렸다고 합니다. 그랬더니, 창문의 일부를 깨뜨린 자동차는 시간이 지남에 따라 부품도 훼손당하고, 타이어도 도난당하고, 결국 차가 엉망이 되었다고 합니다.

이 이야기는 '작은 무질서와 경범죄를 방치하면,
더 큰 범죄로 이어질 수 있다'는 것을 뜻합니다.
거꾸로 이야기하자면 '작은 범죄를 미리 엄격하게 통제한다면,
큰 범죄를 사전에 예방할 수 있다는 뜻이 됩니다.'

저는 '아침 4시 30분'에 일어나는 것을
그 무엇보다 중요시 여깁니다.
저는 저 자신을 잘 압니다.
4시 30분에 일어나기로 한, 저 자신과의 약속.
이것이 하나 무너지면, 어떤 결과가 나타나리란 것을.
이 사소한 약속이 무너지면, 저의 '모든 것'이 무너진다는 것을.
그래서 저는 무식하리만큼
4시 30분 기상을 고집합니다. (일요일 제외)
저는 그것이 제 삶의 '대들보'라고 생각하기 때문입니다.

그것이 무너지면, 저의 모든 '기강'이 무너집니다. 그렇게 되면, 제가 사람들에게 이야기했던 것들이 다 '거짓말'이 되기 때문입니다. 제가 저의 아내에게 했던 말, 제가 제 딸에게 했던 말, 제가 제 주변 사람들에게 했던 말들이 다 거짓말이 되기에, 저는 그것을 무척이나 두려워합니다.

'작은 것'을 '엄격하게' 지키는 것.
그것은 '큰 재앙'을 '쉽게' 막을 수 있는,
아주 '현명한' 방법입니다.
'하나' 안에 '모든 것'이 다 들어있기에 이것이 가능합니다.

프랙탈fractal

앞에서 '일즉일체 다즉일, 일미진중 함시방'이라는 이야기를 한번 했습니다. 그런 이치로 우리는 '작은 일이라고, 소홀히 해서는 안 됩니다'

시간약속 지키기, 인사하기, 코털 정리하기, 머리 단정하게 묶기,
방 청소하기, 서랍 정리하기, 자고 난 후 이불 개기,
차 내부 깨끗이 하기, 밥값 먼저 내기, 수저 차리기,
쓰레기 줍기, 손톱 정리하기, 안 쓰는 물건 버리기,

이런 '작은 일'들을 성실히 실천할 때
우리는 '큰 일'을 쉽게 해낼 수 있습니다.
'방'이 지저분한 사람은 '입안' 역시 지저분하며,
'인간관계' 역시 정리가 되어있지 않을 가능성이 많습니다.
그가 먹는 '음식' 또한 정갈하지 않을 가능성이 많고,
머리 정돈, 손톱 정리 또한 깨끗하게 하지 않을 가능성이 많습니다.

'마음의 모양'이 같기 때문입니다.

눈에 보이지 않는 '마음'을 청소하려 하지 마시고,
눈에 보이는 '내 방 정리'부터 하십시오.
내 방 정리가 깨끗한 사람치고, 마음이 난잡한 사람이 드뭅니다.
이것과 그것이 '연결되어' 있기 때문입니다.

프랙탈은 '전체'와 '부분'이 닮아 있는 '자기 유사성'의 성질을 말하는 것입니다. '확대'해도 그 모양이고, '축소'해도 똑같은 모양이 반복되는 것이지요. 마치 소라 껍질 모양 안에 또 소라 껍질 모양이 있는 것과 같습니다.

친구들에게 밥값 내는 것 '하나'를 보면, 그 사람이 평소, 친구들을 어떻게 생각했었는지, 그 마음 '전체'를 대충 알 수 있습니다. 그 '마음의 모양'이 똑같기 때문입니다. 그 '작은 마음' 안에 '큰마음'이 다 들어있기 때문입니다.

이런 '작은 것'은 상대에게 '숨기기가' 어렵습니다. 강아지조차도 사람의 '표정' 하나만 딱 보고, 주인이 지금 어떤 감정 상태인지 다 알아냅니다. 여러분도 동물들의 '표정'을 한번 보십시오. 눈빛 하나

만 봐도, 훤히 보이지 않습니까? 저 개가 지금 화났는지, 애교를 떠는 건지, 경계를 하는 건지, 놀아달라고 하는 건지. 한눈에 다 알 수 있지 않습니까?

여러분들은 모르실 수도 있겠습니다만,
여러분의 주위 사람들은 '이미' 여러분에 대해서
대충 다 '알고' 있습니다. 여러분이 어떤 사람인지.

그것은 가르쳐주지 않아도 다 압니다. 모든 사람에게는 '직관'이라는 것이 있기 때문입니다. 상대가 나를 속이는지 아닌지, 나를 존중하는지 안 하는지, 나를 좋아하는지 안 좋아하는지. 사람들은 대충 다 알고 있습니다.

내 말 속에, 나의 말투 속에, 높낮이 하나하나,
단어 선택 하나하나에 다 드러나게 되어 있습니다.
여러분도 여러분의 가족·친구·지인들에 대해서

대충 그 사람이 어떤지, 다 파악하고 계시지 않습니까?

그것과 이치가 같습니다.

그러니 '상대를 속이려 하지 마십시오'

잠깐은 속일 수 있을지 몰라도, 결국은 다 알게 되어있습니다.

상대는 이미 '다 알고 있다'고 저는 생각합니다.

그냥 모르는 채, 넘어가 주고 있는 것뿐입니다.

여러분이 '안다'는 것은, 남들 또한 '안다'는 것입니다.

속이지 못할 바에야 처음부터 속이지 않는 것이 좋습니다.

우주가 프랙탈 구조로 되어 있는 이상,

우리는 상대방을 속일 수가 없습니다.

나의 눈빛 하나 안에.

나의 말투 하나 안에.

나의 손짓 하나 안에.

나의 문장 하나 안에.

모든 것이 다 '드러나게' 되어있습니다.

이미 하나님께서 그렇게 만들어 놓으셨습니다.

그 말인즉슨.

아예 처음부터 '남들을 속일 생각조차 하지 마라'는 말입니다.

'방'이 지저분한 사람은 '입안' 역시 지저분하며,
'인간관계' 역시 정리가 되어있지 않을 가능성이 많습니다.
그가 먹는 '음식' 또한 정갈하지 않을 가능성이 많고,
머리 정돈, 손톱 정리 또한 깨끗하게 하지 않을 가능성이 많습니다.

'마음의 모양'이 같기 때문입니다.

눈에 보이지 않는 '마음'을 청소하려 하지 마시고,
눈에 보이는 '내 방 정리'부터 하십시오.

사람에겐 관상뿐 아니라 치상齒相이 있습니다

앞에서, '작은 것' 안에 '전체'의 속성이 들어있다는 이야기를 했었습니다. 이 이야기는 '치아'에도 그대로 적용이 됩니다. 저는 치과의사로서 사람들의 '이'를 매일 보는 사람입니다.

'서당 개도 3년이면 풍월을 읊는다'고 했지요? 저도 매일 사람들의 '치아'를 보다 보니, 사람 얼굴에 관상이 있듯이, 사람의 치아에 치상齒相이 있다는 것을 알게 되었습니다.

'치아 상태'가 엉망인 사람과 '혼사'를 논하지 말라는
이야기가 있습니다. 저는 이 말이 일리가 있다고 생각합니다.

썩은 치아를 장시간 그대로 방치한다는 것은
생각보다 많은 것을 이야기해 줍니다.

1. 그 사람이 '게으르다'는 것을 말해줍니다.
2. 그 나이를 먹도록, 아직 '양치질하는 방법'도 제대로
배우지 못했다는 것은, '고집이 세다'는 것을 말해줍니다.
즉, '남의 말을 듣지 않는다'는 뜻입니다.
3. '경제적 여유'가 없다는 것을 말해줍니다.
4. 다른 사람이 자신을 어떻게 바라보고 있는지,
모르는 사람이란 뜻입니다.
곧, '자기가 자신을 돌아볼 줄 모르는 사람'이란 뜻입니다.
5. '자기관리'가 안 된다는 뜻입니다.
6. '주인의식'이 부족하다는 뜻입니다.
7. 아직 해소하지 못한 '숙제(업)'가 남아있다는 뜻입니다.

이처럼, 나쁜 구강 상태는 생각보다 많은 면에서
그 사람의 평가에 '부정적인' 영향을 미칩니다.

이런 여러 가지 '업장'이 해소되지 않으면,
입안에 깨끗한 치아가 있을 수가 없습니다.
하지만 만약 치과에 가서, 시간과 돈을 투자해서라도
깔끔하게 치과 치료를 받았다면,
저는 '업장(게으름)'이 어느 정도 해소된 것이라고 생각을 합니다.

만약 치료를 다 받았는데도, 그 업장이 해소되지 않았다면,
그 사람은 여전히 자기관리가 안 될 것이고,
여전히 게으르고, 양치질을 제대로 안 할 것입니다.
그렇게 되면 머지않아, 다시 '예전의 상태'로 돌아가게 되어있습니다.
치아가 다시 썩든지, 다시 부러지든지 하게 되어있습니다.

당연한 이야기 아니겠습니까?
그러니 '업장 해소(치아 관리 능력 개선)'가 되어야
깨끗한 치아를 '유지'할 수 있는 것입니다. (근본 치료법)

여러분, '치아'를 소중히 여기십시오.

'나의 치아'를 건강하고 깨끗하게 관리하는 것은,
곧 '나의 마음'을 깨끗하게 하고, '내 몸'을 건강하게 하는 것과
이치가 다르지 않습니다.

'치아'에 좋은 음식과, '몸'에 좋은 음식은 크게 다르지 않습니다.
'치아'를 잘 관리하는 것과, 내 '몸'을 잘 관리하는 것은
크게 다르지 않습니다.
'치아'를 소중히 여기는 것과, '나 자신'을 소중히 여기는 것은
크게 다르지 않습니다. (자존감)
'치아 치료'를 미루는 것과, 내 '할 일'을 미루는 것은
크게 다르지 않습니다.

마음의 모양이 같기 때문입니다.

많은 연세에도 불구하고,

치아 상태가 깨끗한 어르신을 보면,

저는 앉은 자세를 다시 한번 고쳐 앉습니다.

저는 '치상'이 좋은 분을, 절대 함부로 대하지 않습니다.

그분은 '자기관리'를 잘하셨거나, '복'이 많으셨거나,

둘 중 하나이기 때문입니다.

그런 의미에서, 과거 신라 시대, '치아'의 건강 상태를 토대로

'왕'을 선발했다는 '니사금' 제도는

나름의 일리가 있다고 생각합니다.

혹자는 이렇게 이야기합니다.

썩은 치아는 내 마음의 '결과'일 뿐.

이제부터 내 마음을 고쳐먹으면 되지.

꼭 '지금' 비싼 돈을 주고 치아를 치료할 필요는 없는 것 아니오?

이 말은 '반'은 맞고, '반'은 틀립니다.

원인과 결과는 서로 맞물려 있습니다. (인과동시 因果同時)

(책의 뒷부분에서 다시 설명드릴 것입니다)

지금 치과에 가서 비싼 돈을 주고 치료를 해 봐야
지금 치과에 가서 고통과 통증을 느껴 봐야
지금 치과에 가서 소중한 시간이 깨져 봐야 (업장해소)
그래야 사람들은 기존의 악습관을 버릴 수 있게 됩니다.

비싼 치료비, 통증, 시간 낭비.
이런 것들이 다 업식을 청산하는 과정입니다.
과거 게으름을 피운 값을 치르는 과정입니다.

그러니 치아 치료를 깨끗하게 받는 것은
나의 마음을 일정 부분 깨끗이 하는 것과 같다고 할 수 있습니다.
치료받으면서 고생을 해봄으로써, 다음부터 치아 관리에
더 신경을 쓰게 되어있기 때문입니다.

비록 비싼 옷은 못 입더라도, 옷을 단정하게 입으십시오.
비싼 차는 못 타더라도, 차를 깨끗이 수리를 해서 타십시오.
비싼 집은 아니더라도, 방 정리는 깔끔하게 하십시오.
잘생긴 얼굴은 아니더라도, 수염은 꼭 깎고 다니십시오.
비싼 금(gold)으로 치료하지 않더라도
치료해야 할 치아는 꼭 치료를 받으십시오.

비용 손해, 시간 손해, 번거로움, 통증 그런 것들이 있어야
우리는 '바른길'로 나아갈 수 있습니다.

업식이 두터우신 분들은 제 말을 듣고, 치과에 갔는데.
좋은 치과의사를 만나지 못할 수도 있습니다.
운이 나빠서 덤터기를 쓰게 될 수도 있습니다.
하지만 그 모든 과정이 다 본인의 '업식'을 청산하는 과정입니다.
업식이 두터운 사람들은 하나의 업식을 청산하려 하면
또 다른 업식이 그것을 가로막습니다.
'그것을 먼저 해결을 하라'는 뜻입니다.

하늘은 짓지 않은 죄에 대해 벌하는 법이 없습니다.
나의 삶에 일어나는 모든 일은 알고 보면,
다 '나로 인해' 일어나는 것입니다.

'운'은 절대 운이 아닙니다.
원인을 몰라서 잠시 '운'이라고 이름 붙였을 뿐입니다.
모든 일에는 원인이 있습니다.
행운에도 불운에도 다 나름의 원인이 있습니다.

하늘은 우주를 그렇게 대충 주먹구구식으로 운영하지 않습니다.

업식이 두터운 사람들은 하나의 업식을 청산하려 하면
또 다른 업식이 그것을 가로막습니다.
'그것을 먼저 해결을 하라'는 뜻입니다.

'운'은 절대 운이 아닙니다.
원인을 몰라서 잠시 '운'이라고 이름 붙였을 뿐입니다.
모든 일에는 원인이 있습니다.
행운에도 불운에도 다 나름의 원인이 있습니다.

하늘은 우주를 그렇게 대충 주먹구구식으로 운영하지 않습니다.

정답은 사람마다 다 다릅니다

아침형 인간 vs 저녁형 인간
엄격한 채식 vs 골고루 먹기
1일 1식 vs 1일 2식 vs 1일 3식
어느 것이 정답인가요?

사람은 다 다릅니다.
그러니 정답도 다 다릅니다.
이 사실을 반드시 기억해 두십시오.

'여우와 두루미 이야기' 아시지요? 서로 입 모양이 다른데, 상대방을 배려하지 않고 자신이 먹기 편한 그릇으로 음식을 내어놓는 이야기 말입니다. 여우와 두루미가 다르듯, '모든 사람들은 다 다르다'는 말입니다. 말이 '사람'이지. 다 같은 사람이 아닙니다. 성격도 다르고, 취미도 다르고, 특기도 다 다릅니다.

제가 어느 날, 제 딸아이가 보는 '뽀로로'를 같이 보다가 작은 깨달음을 하나 얻었습니다. 뽀로로에는 모든 캐릭터가 각기 다른 '동물'로 나옵니다. 뽀로로는 펭귄이고, 에디는 사막여우고, 크롱은 아기공룡, 해리는 벌새. 등등. 다 다릅니다.

그래! 저거다. 사람이 다 '같은 사람'이 아니구나.
뽀로로 작가는 저 사실을 이미 알고 있었구나.

어떤 사람은 '여우' 같은 사람이 있고,
어떤 사람은 '두루미' 같은 사람이 있고,
어떤 사람은 '돼지' 같은 사람이 있고,
어떤 사람은 '개' 같은 사람이 있고,
어떤 사람은 '올빼미' 같은 사람이 있고,
어떤 사람은 '곰' 같은 사람이 있습니다.

'질문하는 자'가 달라지면, '정답'도 달라지는 법입니다.

　제가 '간헐적 단식'이 좋다고 하고, '생채식'이 좋다고 하고, '독서'가 좋다고 하고, '아침'에 일찍 일어나는 것이 좋다고 해도, 그것은 '정답'이 아닙니다. 저 또한 그것이 '정답'이라고 주장하는 것이 아닙니다. 제가 '단식은 정말 좋고, 그것은 디톡스에 있어서 최고입니다'라는 극단적인 표현을 썼다고 하더라도, 여러분들은 제 '본뜻'을 잘 이해하셔야 합니다.

　　　　　아. 저 말은 단지, '강조'의 표현이구나.
　　　　이 책 저자가 그렇게 해보니 좋았다는 거구나.
　　　　　　그럼, 나도 한번 해봐야겠네.
　　　　막상 따라 해보고, 좋으면 따라 하고,
　　나중에 나한테 더 좋은 방법이 나타나면, 그때 또 바꾸면 되지.

　　　　　　이렇게 생각하셔야 한다는 것입니다.

　저에게 '정답'인 것이, 꼭 여러분에게도 '정답'인 것은 아닙니다. 육식이 체질에 더 맞는 사람이 '분명히' 있습니다. '야행성 생활'이 더 체질에 맞는 사람도 '분명히' 있습니다. '아침, 점심, 저녁' 3끼 다 꼭 꼭 챙겨 드시는 것이 더 좋은 사람도 '분명히' 있습니다.

저는 '새벽'에 일어나 하루 중 '중요 업무'의 대부분을 다 합니다.
하지만 분명, '저녁'을 더 선호하는 사람이 있습니다.
그런 분들은 굳이 아침에 뭔가를 하려 할 필요가 없습니다.
올빼미를 굳이 아침형으로 만들 필요가 없습니다.
물고기에게 굳이 '나무 오르는 법'을 가르칠 필요가 없습니다.
그냥 '생긴 대로' 살면 됩니다.

내가 여우인지, 두루미인지, 올빼미인지
그것을 먼저 알아야 합니다.
'내가 누구인지'를 아는 것이 가장 선행되어야 합니다.

독수리의 '발톱'이 나에겐 뭘까?
독수리의 '발톱'은, 손흥민 선수에게 '왼발'입니다.
아기에게 '미소'입니다.
저에게는 '임플란트'가 그것입니다.
그것과 그것의 '본질'이 같음을 꿰뚫어 볼 줄 알아야 합니다.

각자, 발톱으로, 왼발로, 미소로, 임플란트로
세상 전체를 쥐락펴락하는 것입니다.

본질을 알면 헷갈리지 않습니다.
본질을 알면 논쟁할 필요가 없습니다.
본질을 알면 언제든 '응용'이 가능합니다.
본질을 알면 언제든 '대처'가 가능합니다.
본질을 알면 막힘이 없습니다.

여러분들 각자, 여러분들 스스로를 잘 탐구하셔서,
'여러분들만의 정답'을 찾으십시오.
저의 정답이, 꼭 여러분의 정답은 아닙니다.

내가 여우인지, 두루미인지, 올빼미인지
그것을 먼저 알아야 합니다.
'내가 누구인지'를 아는 것이 가장 선행되어야 합니다.

'여러분들만의 정답'을 찾으십시오.
저의 정답이, 꼭 여러분의 정답은 아닙니다.

본질을 볼 수 있어야 하는 이유

사물의 '본질'을 보는 눈이 생기면

'축구 이야기'에서도
내 인생에 도움이 되는 이야기를 뽑아낼 수가 있고,
개미가 협동해서 사마귀를 사냥하는 모습을 보고서도
회사 경영의 이치를 깨달을 수가 있고,
한 편의 영화나 드라마를 보다가도,
문득 '유레카Eureka'를 외칠 수 있습니다.

세상은 닮음꼴-프랙탈fractal로 이루어져 있기 때문입니다. '본질'의 모습은 모두 똑같다는 말입니다. 그래서 '한 가지' 사물의 본질만 완벽하게 파악할 수만 있다면, 나머지 사물들의 성질을 '모두' 파악한 것과 마찬가지가 되는 것입니다. 어느 분야든 최정상의 반열에 오르게 되면 '도인道人'이라고 부르는 이유가 바로 이것입니다. '하나' 안에 '세상의 모든 이치'가 다 들어가 있기 때문입니다.

'오토바이'에 관해 엔진부터 타이어·프레임·휠·머플러 등등 오토바이에 관한 모든 것을 완벽하게 아는 사람은 자동차·보트·비행기·사람의 신체·세포·건축 등에 대해서도 금방 그 이치를 배울 수 있습니다. 그것이 가능한 이유는, '본질의 모습'이 같기 때문입니다.

그런 관점에서 '종교'를 한번 바라보았습니다. 각자 사람에게 인연되는 스승이 다르듯이, 각자 개인마다 '인연되는 종교'가 있습니다. 어떤 사람에겐 '불교'가 인연이 되고, 어떤 사람에겐 '기독교'가, 또 어떤 사람에겐 '천주교'가, 또 어떤 사람에겐 '원불교'가 인연이 됩니다. 또 어떤 사람에게는 소위 사이비(?)라고 하는 종교가 인연이 되기도 합니다.

장미꽃과 해바라기꽃에 '우열'이 없고,
여우와 두루미 사이에 '우열'이 없듯이,
사람에게 인연되는 종교에도 본래 '우열'이란 것이 없습니다.

다만, 각자 자신의 '영적 레벨'에 따라, 거기에 알맞은 가르침이
끌어당겨 오는 것뿐입니다.

임산부가 본인에게 필요한 영양소가 들어있는 음식을 기가 막히게
알아서, 스스로 남편에게 요구하듯이. 모든 사람은 본인에게 딱 맞
는 가르침(종교)을 스스로 잘 알고 있고, 또 스스로 그 가르침을 '끌
어당기는' 능력이 있습니다.

'나'에게 좋다고, '남들'에게도 다 좋은 것이 아닙니다.
'오늘'의 나에게 좋다고, '내일'의 나에게도 좋은 것이 아닙니다.
그러니 상대의 종교에 좀 더 관대함을 가졌으면 좋겠습니다.

저에게 있어 '금강경'은 기독교인에게 있어 '성경'과 같습니다. 제
가 '금강경' 이야기를 하면 '아 저건 나한테 성경을 이야기하는 것이
구나' 이렇게 알아차리셔야 합니다. 제가 '석가모니 부처님' 이야기
를 하면, 아 저건 나한테 '예수님'을 말하는 것이구나 하는 것을 알
아차리셔야 합니다.

'축구 이야기'는 나랑 상관없다고 버리고,
'예술 이야기'는 관심 없다고 버리고,
나는 기독교인이니까, 불교 이야기는 필요 없다고 버리고,
그렇게 '차 떼고 포 떼고' 나면, 남는 것이 없습니다.

축구 안에도, 희로애락 '인생'이 다 들어있고,

예술 안에도, '과학과 철학'이 다 들어있으며,

부처님 말씀 안에도, '예수님의 말씀'이 다 들어있는 것입니다.

드러난 형태가 다를 뿐이지, '본질이' 똑같다는 말입니다.

그래서 '본질'을 볼 수 있어야 한다는 말입니다.

1. 책에서 '저자'가 하는 말의 '본질'을 뽑아내서,

2. 내 상황에 맞추어 '적용'할 수 있는 능력.

그런 능력을 갖추게 되면, 그리 많은 책을 읽지 않아도,

좋은 책 몇 권만 '반복'해서 읽어 보아도.

아. 세상이 이렇게 돌아가는 거구나.

'사람'이 이런 존재구나.

'우주의 원리'가 이런 거구나.

하는 생각이 들 수도 있습니다.

상대방의 이야기에서 '본질'을 알아차리는 능력은 매우 중요합니다.

그리고 그것을 '나의 상황'에 맞춰서 '응용'할 줄 아는 능력.

그것 또한 매우 중요합니다.

그렇게 해서 지금 '나의 문제'를 해결해 나가는 과정.

그것이 '인생' 아니겠습니까?

천지불인

하늘은 사람에게 '자율의지'를 주셨습니다. 그런데 문제는, 몇몇 소수의 사람만이라도 그들의 자율의지를 잘못 사용한다면, 사회 전체가 엉망이 될 수도 있지 않겠습니까? 총기 난사 사건처럼 말이죠.

'양치기 개'가 양을 몰아서 올바른 방향으로 가이드하듯, 이 세계 또한, 잘 다스리려면 양치기 개처럼 뭔가가 있어야 하지 않을까요? 하늘은 어떤 방식으로 사람을 포함해서 이 많은 전체 만물을 다스리시는 것일까요?

그건 바로 '법칙法'입니다.
하늘은 법칙으로 우리를 올바른 방향으로 이끌고 계십니다.

남에게 해를 입히면 나에게 그 해가 돌아온다.
탐진치貪瞋癡의 마음을 내면 스트레스가 생기고,
스트레스를 받으면 질병이 생긴다.
나만 생각하면 주변 사람들이 다 떠나간다.
남을 위해 살면 부자가 된다.
할 일을 자꾸 미루다 보면, 숙제(업보)가 점점 쌓인다.

한마디로 인과법因果法인 것이지요.
스스로 옳은 길을 찾아갈 수밖에 없도록,
'법칙'을 만들어 두신 것입니다.
'잘못된 길, 잘못된 방향'에는
'고통', 혹은 '질병', '갈등'이라는 이정표를
곳곳에 세워두신 것입니다.
스스로 잘못된 방향임을 알아차릴 수 있도록.

그 이정표 없이 우리는 올바른 방향을 찾지 못합니다.
그러니 '고통'과 '질병', '갈등'도 어떻게 보면 모두 '사랑'인 것이지요.
우리가 올바른 길을 찾게 해주는 고마운 '표지판'이니까요.

남을 미워하고, 원망하면,

그 스트레스가 나의 몸속에 그대로 쌓이게 되며,

그것은 암과 같은 큰 질병으로 발전하게 됩니다.

그런 질병이 나에게 왔을 때 나를 돌아보아야 합니다.

'질병'이라는 표지판은 지금 내 마음의 방향이

'잘못된 방향'임을 알려주고 있는 것입니다.

지금 내가 아프다면, '잘못된 길'로 들어왔음을 알아차려야 합니다.

내가 지금 '마음'을 잘못 쓰고 있음을 알아차려야 합니다.

내가 지금 세상을 잘못된 '패러다임'으로 보고 있음을

알아차려야 합니다.

'옳고 그름', '좋은 것'과 '나쁜 것'.

'나와 너', '내 것'과 '내 것 아님'.

그렇게 모든 것을 '분별'하면서 살아왔던 과거를

돌아볼 수 있는 기회를 주시는 것입니다.

그래서 '질병'이 곧 '사랑'이라는 말입니다.

질병이 아니었으면, 잘못된 길로 계속 나아갈 뻔했으니까요.

정크푸드를 먹고, 과식했을 때

살이 쪄서 몸이 무거워지고, 만성피로가 오고,

곳곳에 세균 감염이 되고, 외모에 자신감이 떨어지는.

그런 '부정적인 것'들이 없었다면.

우리들은 분명 끝도 없이 나쁜 음식들을 계속 먹었을 것입니다.
그러니 그 '부정적인 것들'이
결국 우리들을 지켜준 '고마운 것들'이었던 것이지요.

천지불인天地不仁이라는 말이 있습니다. 우주는 '어머니'처럼 자상하지 않다는 말입니다. 여기서 말하는 '하늘'은 '석가모니 부처님'보다, '예수님'보다 더 '상위'의 개념입니다. 하나님(법신부처님)을 뜻하는 말이지요. '전체'를 아우르는 말입니다.

'석가모니 부처님'과 '예수님'은 참으로 자상하시고
자비로우신 분이 맞습니다. 마치 '어머니' 같지요.

하지만 하나님(법신부처님)은 자비롭지 않으십니다.
매우 냉철하십니다.
봐주시는 법이 없습니다.
자비롭지 않음으로써 가장 자비로우십니다.
사랑하지 않음으로써 우리를 가장 사랑하십시다.
단 한 존재도 남김없이, 모두를 사랑하시기에
우리가 그 사랑을 느끼지 못하는 것입니다.
무한대는 0과 같은 것이거든요.

그분은 사춘기 자녀를 그대로 지켜봐 주시는
현명하면서도 냉정한 '아버지'와 같은 분이십니다.

틀려도 내버려두시고,
괴로워해도 내버려두시고,
힘들어해도 내버려두십니다.

스스로 생각하고, 스스로 느끼고,
스스로 수정할 때까지 기다려 주시는 것입니다.
그 과정을 거치지 않고서는
절대 '어른'이, '주인'이 될 수 없다는 것을
누구보다 잘 아시기 때문입니다.

'물고기'보다 '물고기 잡는 법'을 우리에게 주시려 함입니다.

하나님은 자비롭지 않음으로써 가장 자비로우십니다.
사랑하지 않음으로써 우리를 가장 사랑하십시다.
단 한 존재도 남김없이, 모두를 사랑하시기에
우리가 그 사랑을 느끼지 못하는 것입니다.

짚신 장수, 우산 장수 이야기

큰아들은 짚신 장수, 작은아들은 우산 장수인
옛날이야기를 모두 아시지요?

그 어미는 처음에,
날씨가 맑아도 '걱정'이었고,
비가 와도 '걱정'이었습니다.
그러다 어떤 스님의 조언을 듣고,
그 어미는 날씨가 맑아도 '방긋', 비가 와도 '방긋'
웃을 수 있게 되었습니다.

사물을 어떤 '관점'에서 바라보아야 하는가?

 이 간단한 이야기가 저는 그렇게 '심오한' 이야기인지, 예전에 알지 못했었습니다. 그러던 어느 날, '번개'가 번뜩했습니다. '아! 이 이야기가 모든 일에 적용되는 엄청난 지혜를 품고 있는 이야기구나' 하는 것을 뒤늦게 깨달았습니다. 이 이야기가 바로 공空의 이치를 말하고 있었던 것입니다.

개원 초기, 저는 치과에 환자가 많으면,
바빠서, 몸이 힘들다고 투덜댔었고,
환자가 적으면,
수입이 적어질까 불안하다고 투덜댔었습니다.

그때의 저는, 짚신 장수 어미와 똑같은 '미련퉁이'였던 것입니다.
이 문제가 짚신 장수 이야기와 '본질'이 같음을
뒤늦게 알고서 부끄러웠습니다.

이 말을 기억하십시오.
인간 세계에는 '절반이 행복, 절반이 불행'입니다.
이것은 '철칙'입니다.

누구는 그럼 이렇게 이야기할 것입니다.

야, 그럼 열심히 일할 것도 없네. 열심히 노력할 것도 없고.
어차피 반은 즐거움이고, 반은 고통이라며?

맞는 말입니다. 하지만 이것은 반은 맞고, 반은 틀렸습니다.

색즉시공色卽是空이지만 공즉시색空卽是色도 있습니다.

환자가 많으면 돈을 벌어서 좋고,
환자가 없으면 몸이 편해서 좋은 것 아니겠습니까?

야. 장난해? 또 말장난이냐?
말장난이 아닙니다.

사람의 인생은 어차피
반은 기쁨/반은 슬픔이라 했습니다.
하지만 무지한 자는 슬플 때 슬퍼하고,
기쁠 때, 그 기쁨이 없어질까 걱정합니다.

비가 오면 짚신 장수 아들을 생각하고
날이 개면 우산 장수 아들을 생각하는
무지한 어미랑 같다는 말입니다.

배우자가 잘해주지 않을 때는, 잘해주지 않아서 짜증 내고,
배우자가 잘해줄 때는, 왜 '예전에' 이렇게 안 했냐며,
또 짜증 내는 사람이 있습니다.

제가 예전에 그랬었습니다. 부끄럽고 또 부끄럽습니다.
저의 아내에게 이 자리를 빌려, 그때의 일을 사과드립니다.
제가 무지했었음을 깊이 '인정'할 수밖에 없습니다.
정말 죄송했습니다. 부인.
괜히 착한 부인을 탓해서 죄송했습니다.

이제는
기쁠 때는, 기뻐서 좋고
슬플 때는, 이제 곧 기쁨이 오겠구나
하며 기뻐할 것입니다.

상대가 잘해줄 땐, 잘해줘서 고마워.
못 해줄 땐, 아 예전에 내가 이미 다 누리고 있었구나
하는 걸 깨우치며, 여전히 '감사'할 것입니다.

내 것은 없다

제가 인도 보드가야에 갔던 이야기를 한번 할까 싶습니다.
인도에서 제가 놀란 것 중 하나가,
거기에선 소와 양·말·닭·개들이 길거리에서
그냥 돌아다니고 있었습니다.
커다란 소가 고삐도 없이 그냥 사람들이 다니는 길거리 옆에서
풀을 뜯고 있더란 말입니다.

그래서 제가 스님에게 물어봤습니다.
"스님, 저 소는 누구 소인가요?"

그런데 스님이 답하시길. 아 글쎄 당연하다는 듯이
'주인이 없다'고 하시는 겁니다.
소에도 주인이 없고, 닭에도 주인이 없고,
양에도 주인이 없다고 하시는 겁니다. 순간 좀 멍~ 했습니다.

"아~ 원래 소에게 주인이 있는 것이 아니구나"

그렇습니다. 비둘기에게 주인이 없고, 참새에게 주인이 없듯이, 본
래 소에게도 주인이 없는 것이 정상이었습니다. 우리나라가 이상한
것이었습니다. 모든 소, 모든 말에 주인이 있는 나라. 우리나라가 비
정상이었던 것입니다.

지렁이에게 주인이 어디 있으며, 나무에 주인이 어디 있으며,
땅에 무슨 주인이 있습니까? 공기에, 물에 무슨 주인이 있습니까?

내가 키운 자식이 어떻게 내 것이며
내가 키운 닭이 어떻게 내 것입니까?
내가 내 돈 주고 산 땅, 그게 어떻게 내 땅이 될 수 있습니까?
본래, '처음에' 누군가의 소유물이 아니었던 것인데,
다른 누군가에게 돈을 주고 사 본들,
그것이 어찌 '내 것'이 될 수 있겠습니까?
모두 다 '장물臟物(훔친 물건)'인 것이지요.

어느 날, 저의 아내와 저의 딸과 함께 '밤'을 삶아 먹은 적이 있습니다. 딸은 반 잘린 밤을 숟가락으로 밤의 알맹이만 쏙쏙 빼서, 접시에 곱게 담아 두었습니다. 그 밤 알맹이가 모여서 소복하게 쌓였습니다. 그 밤 알맹이를 제가 손으로 몇 개 집어먹었습니다. 그랬더니 딸이 '자기 밤'을 뺏어 먹었다면서 짜증을 내는 것이었습니다. 그 순간 뭔가가 또 번쩍 스쳐 지나갔습니다.

'아! 모든 것이 저런 식이구나'

밤은 '제'가 일해서 번 돈으로, '제'가 마트에서 사 왔고,
'아내'가 삶았고, '아내'가 반을 쪼개왔고,
제 딸은 그저 숟가락으로 밤 알맹이를 끄집어내기만 했을 뿐인데,
그것을 가지고 제 딸은
'자기의' 밤이라고 주장하고 있는 것이었습니다.

농사를 짓는 것도 마찬가집니다. 내가 비록 상추를 심고, 거름을 넣고, 물을 주기는 하지만, 정작 상추를 자라게 하는 것은 햇빛과, 비·바람·지렁이·흙 속 벌레와 미생물, 등등 '자연'이 다 키워준 것인데. '내가 땄다'고 해서 '내 것'이라고 주장하는 그 생각 자체가, 제 딸이 '자기가 깐 밤을 자기 것이라고 우기는 것'과 뭐가 다른가 하는 생각이 들었습니다.

책상도 종이도 가구도 다 '나무'로 만든 것입니다. 나무도 베어지는 순간, 베는 사람의 소유가 된다는 사실이 너무 우습게 느껴졌습니다. 그게 어떻게 베는 사람의 소유입니까? 그게 어떻게 땅 주인의 것입니까? 나무에게 무슨 대가를 주었습니까?

만약 제가 여러분을 납치해서 인신매매범에게 팔아버리면,
여러분은 팔려나가도 괜찮습니까?
인신매매범은 저에게 돈 주고 여러분을 정당하게(?) 사지 않았습니까?
그러면 여러분은 인신매매범의 '소유'가 되어도 됩니까?
그것은 정당합니까?

그런데 왜 '닭'은 마음대로 '내 것'이라 생각하고 죽이냐는 말입니다.

음식을 먹을 때는, 그래서 항상 '감사한 마음'으로 먹어야 함을 알게 되었습니다. 내 돈 주고 샀다고, 당당하게 '내 몫을 내가 돌려받는다'는 생각을 하면 안 되겠다는 생각이 들었습니다. 나를 위해 생명을 바쳐준 닭과 돼지와 소를 위해 항상 '감사한 마음'을 가지고 먹어야겠다는 생각을 하게 되었습니다.

그때부터 저는 식사할 때 짧게나마 '감사 기도'를 드립니다.

"내가 오늘 이 식사를 하기까지, 고생하신 많은 분들의 노고와
자연의 배려에 감사드립니다. 잘 먹겠습니다."

내 돈, 내 땅, 내 차, 내 몸… 이것들 모두
잠시 내가 자연으로부터 '빌린 것'입니다.

내 것이라고 착각하는 순간,
그것은 '너의 것'이 아니라고,
누군가가 그 '틀린 생각'을 고쳐주려 하실지도 모르겠습니다.

그래서 늘 '감사'하며 살아가야 합니다.
그것이 '분수'를 아는 삶입니다.
그 사람이, 실상을 있는 그대로 볼 줄 아는 사람입니다.

저는 딸을 키우면서 그것을 알게 되었습니다.
제 딸이 '내 장난감', '내 용돈', '내 방', '내 옷', '내 책가방',
'내 통장'이라고 이야기하는 것들 중에서
진짜 제 딸의 소유는 아무것도 없다는 것을 보면서,
아~ 나 역시, '내 것'이 하나도 없구나 하는 것을 알게 되었습니다.
잠시 내가 '내 것'이라고 착각한 것이었음을 알게 되었습니다.

'내 것'은 없습니다.
다 '자연의 것'입니다.
다 하나님의 것입니다.
'잠시' 나에게 내어주신 것뿐입니다.

인과동시 因果同時

    인과동시에 관한 내용을 제 책에 넣을지 말지 사실 많이 고민했었습니다. 꼭 넣고는 싶은데, 그 개념을 글로만 설명하기가 너무 난해했기 때문입니다. 그래서 쓰다가 지우고, 쓰다가 지우고, 또다시 쓰기를 여러 번 반복했습니다. 조금이라도 쉽게 써보기 위해서였습니다.

    이 내용을 책의 뒷부분에 배치한 이유는, 혹시나 난해한 내용 때문에 도중에 책을 그냥 덮어버리는 분이 계시지 않을까 싶어서였습니다. 하지만 저는 인과동시 이 내용이 (진리를 탐구하는 데 있어서) 반드시 알고 넘어가야 하는 매우 중요한 내용이라 생각합니다. 그래서 이 내용을 넣지 않을 수 없었습니다. 비록 처음에 이해가 잘 안 가시더라도 여러 번 반복해서 읽어 보십시오. 그리고 여기에 대해 사색을 해보십시오.

재독과 사색. 그것을 반복하시다 보면 저절로 알게 되실 것입니다.

우리는 학교에서 '원인이 결과를 만든다'고 배웠습니다. 하지만 우리는 '결과 또한 원인에 영향을 미친다'는 것은 배워보지 못했습니다.

단순히 원인 때문에 결과가 생기는 것이 아니라

'원인 때문에 결과가 생기고,
또 결과 때문에 원인이 발생한다'는 말이
인과동시因果同時라는 말의 뜻입니다.
원인과 결과가 서로서로 영향을 주고받는다는 말입니다.

'서로 맞물려 있는 톱니바퀴'는 하나의 톱니만 돌릴 수가 없습니다.
하나의 톱니를 돌리려면, 옆에 물려있는 있는 톱니도 함께 돌려야
그 하나의 톱니를 돌릴 수 있습니다.
어느 한쪽 바퀴가 돌지 않으면 나머지 바퀴 또한 돌리지 못합니다.
막상 어느 하나의 톱니바퀴를 돌렸다는 것은

옆에 있는 톱니바퀴도 함께 돌렸다는 말이 됩니다.
이렇게 서로서로 영향을 주고받는 관계.
인과관계가 바로 이런 관계라는 말입니다.

'인과관계'란, 도미노처럼 한 방향으로만 영향을 주는
그런 일방적인 관계가 아니라는 말입니다.

몸이 건강해야 마음이 건강하고
마음이 건강해야 몸이 건강합니다.

몸에 질병이 있으면 보나 마나
마음에 병이 있는 것이고.
마음에 병이 있으면,
머지않아 몸에 병이 생기는 것과 같은 이치입니다.

마음이 '원인'이라면 몸은 '결과'라 할 수 있습니다.
하지만, 몸을 건강하게 하면 마음 또한 상쾌해지는 경향도 있습니다.
결과 역시도 원인에 영향을 준다는 말입니다.
원인과 결과가 '서로서로' 영향을 주고 있다는 말입니다.

사람들은 이렇게 말을 합니다.
'너가 책을 안 읽으니, 성공을 못 하지'
하지만 실상은 이렇습니다.

아직 '성공할 때'가 아니라서,

책이 읽어 지지가 않는 것입니다.

책을 안 읽어서 성공하지 못한 것도 맞지만 (원인-)결과)

성공할 때가 아니라서 책이 안 읽어지는 점도 있다는 말입니다.

(결과-)원인)

우리는 때로, 아무리 노력해도 다이어트를 하지 못할 때가 있고.

우리는 때로, 아무리 운동하려 해도,

운동을 실천하지 못할 때가 있습니다.

이게 다 결과(운명)에 묶여있기 때문에

원인(현재)를 어쩌지 못하는 것입니다.

우리는 생각보다 현재를 '의지대로' 바꾸지 못합니다.

운명(결과)이 허락하는 범위 내에서만

우리는 선택권을 가집니다.

어떤 사람이 '책을 규칙적으로 읽는다는 것'은

그가 인생에서 이미 '성공을 보장받은 것이나 마찬가지다'라고

저는 생각합니다.

치과대학에 들어간 것이

곧, 치과의사가 이미 된 것이랑 크게 다를 바가 없듯이요.

책을 읽고, 생각을 하고, 그 생각을 글로 쓰는 사람은
성공할 수밖에 없습니다. 늘 '발전'하기 때문입니다.
그러니 '독서습관'은 성공의 보증수표나 마찬가지입니다.
그러니까 '독서습관' 하나 들이기가 그렇게 '힘든' 것입니다.
독서습관 하나 들이는 것이 '미래의 성공'을
다 주는 것이랑 똑같기 때문입니다.
그러니 하나님께서 그 '큰 것'을
자격을 갖추지 않은 사람에게 쉽게 주실 수가 없는 것입니다.

'간헐적 단식'도 마찬가지입니다.
만약 누군가 '먹는 양'을 스스로 조절할 줄 알고
'먹는 때'를 자유자재로 조절할 수 있다면,
저는 그 사람의 '질병이 이미 다 나은 것'과 같다고 생각합니다.
먹는 양을 조절할 줄 아는 것이나,
질병이 이미 다 나은 것이나, 그게 그거이기에,
먹는 양을 조절하는 것이 그렇게 '힘든' 것입니다.
질병이 다 나을 수 있는 공덕을 쌓고, 원인을 짓고,
또 질병이 나을 '때'가 되어야 비로소,
식이조절을 할 수 있는 현실이 벌어지는 것입니다.

그래. 인과동시의 뜻은 이제 알겠어…
그런데 이걸 알아서, 어디에 써먹는 거니?

좋은 질문입니다.
다음의 이야기를 잘 들어 보십시오.

저희 치과에 40대 초반 여성분이 오셨습니다. 그분은 딱 봐도 외모에 신경을 많이 쓰는 사람이었습니다. 네일케어도 하셨고, 발톱도 페디큐어를 하셨으며, 전치부 치아 라미네이트도 위아래로 '매우 희게' 하셨습니다. 입술 역시도 의술의 힘을 빌린 듯, 좀 도톰했었습니다. 제가 보는 눈이 없는지라. 눈에 띄는 것만 말하자면, 뭐 대충 그러했었습니다. 그런데 어금니 하나에 충치가 심했습니다. 치아를 살릴 수준이 아니었습니다. 너무 오래 방치해 두었던 것입니다.

이분의 구강검진을 하면서 저는 뭔지 모를 짠한 마음이 들었습니다. 이분이 그날 양치질을 하고 오시긴 했습니다만. 앞니의 정면, 그러니까 남들 눈에 보이는 부분은 깨끗하게 잘 닦아오셨습니다만, 남들 눈에 잘 보이지 않는 앞니의 뒷면, 그리고 어금니 쪽은 양치질 상태가 형편없었습니다.

성인이 맞나 싶을 정도였습니다. 어금니의 씹는 면에조차 치석이 가득했습니다. 이분은 외적인 것에만, 눈에 보이는 일에만 신경을 쓰는 타입의 사람임을 직감적으로 알아차렸습니다. 이분은 아마도

'내면의 공허함'을 가지고 있으며, 그로 인해 많은 스트레스를 받으며 살아가고 계시지 않을까 하는 생각이 들었습니다. 왜냐하면 마음의 모양과 몸의 모양, 얼굴의 모양, 치아의 모양. 옷의 모양. 이런 것들이 서로 비슷하기 때문입니다. 어느 것 하나가 원인이라고 하기보다는 서로서로 영향을 준다는 말입니다. '한 묶음'이라는 말입니다.

그래서 저는 환자분께 양해를 구한 후에, 사랑의 잔소리를 좀 했습니다. 이런 잔소리는 치과의사만의 권리이자 '의무'라고 생각합니다. 치과의사가 아니고서는 부모님도, 배우자도, 자식도, 한 성인의 양치질 습관을 쉽사리 바꾸어 줄 수가 없습니다. 때로는 치과의사의 능력으로도 역부족이지요.

저는 그분께, 외모에 신경 쓰지 말고, 내면에 집중하라는 말을 하지 않았습니다. 다만, 구석구석 모든 입안을 깨끗하게 청소하는 양치질 방법과 그렇게 닦아야 하는 이유를 아주 상세하게 설명드렸습니다. 저는 그것이 이분의 마음가짐 상태를 바꿔놓을 것이라고 생각하기 때문입니다. 마음과 양치질 방법 역시도 연결되어 있다 보니, 양치질 습관을 바꿈으로써 마음도 함께 바꿀 수 있다는 말입니다. 이런 것이 다 인과동시의 원리를 활용하는 예가 됩니다. 다행히도 그분은 그 이후부터 양치질을 매우 깨끗하게 잘해 오셨습니다. 얼굴에 미소도 늘었으며, 여유도 더 생겨 보였습니다. 참 감사한 일입니다.

마음이 깨끗해지면, 방 청소, 책상 정돈을
저절로 잘하게 된다는 사실을, 사람들은 알고 있습니다.
인과동시를 아는 사람은 이렇게 응용합니다.
방 청소, 책상 정돈을 통해서 본인의 마음을 깨끗이 하는 것입니다.

자녀들의 방을, 자녀들의 옷차림을 깨끗하게 해보십시오.
저절로 많은 것들이 바로잡아질 것입니다.

저는 이 인과동시를 알게 되고 나서
군대에서 지휘관들이 사병들의 각 잡힌 복장, 광나는 구두…
그런 것들에 집착하는 이유를 이해하게 되었습니다.

사람들은 마음이 깨끗해지면,
정갈한 음식을 찾게 되어있습니다.
인과동시를 아는 사람은 이렇게 응용합니다.
정갈한 음식을 먹음으로써 본인의 마음을 깨끗하게 하는 것입니다.
걱정거리가 많을 때는 위胃를 비워버리십시오.
그러면 마음도 저절로 비워질 것입니다.

　인과동시라는 말을 잘 기억해 놓으셨다가 언젠가 한 번 꼭 좀 깊
이 있게 '사유'해 보시기 바랍니다. 인과동시. 이 한 가지를 아시게
되면 줄줄이 내가 몰랐던 새로운 사실들을 차례차례 도미노 넘어가
듯 연달아서 아시게 될 것입니다.

자녀들의 방을, 자녀들의 옷차림을 깨끗하게 해보십시오.
저절로 많은 것들이 바로잡아질 것입니다.

위를 비워보십시오.
그러면 마음도 저절로 비워질 것입니다.

우리는 생각보다 현재를 '의지대로' 바꾸지 못합니다.
과거(업식)와 미래(운명)가 허락하는 범위 내에서만
우리는 선택권을 가집니다.

현재, 과거, 미래가 모두
톱니바퀴처럼 맞물려 있기 때문입니다.

나 자신을 바라보는 능력

저는 제가 좋아하는 메밀 국숫집에 가면 종종 '메밀국수 곱빼기'를 시켜 먹습니다. 어느 날, 그런 저의 모습을 보면서 참 '부끄럽다'는 생각이 들었습니다.

유튜브 앞에서는 온갖 '바른 소리'를 해놓고.
본인은 정작 혓바닥이 주는 순간의 쾌락을 아직 놓지 못하고 있구나. '소식', '생식'을 그렇게 강조해 놓고서,
정작 자기는 '곱빼기'를 시켜서 배부르게 먹고 있지 않은가?
하는 생각이 들었습니다.

저도 압니다. 제가 그렇다는 것을…
이율배반적이라는 것을…

하지만 저는 이제 감사해합니다.
메밀국수를 마음껏 먹을 수 있는 '건강'과, '경제력'과,
이 순간을 함께 웃으며 즐길 수 있는 '사랑하는 가족'이 있음을.
진정으로 감사해합니다.

그리고 제가 '현재의 저의 모습을 바라볼 수 있는 이 사체'민으로
도 저는 하나님께 진심으로 감사드립니다. 저는 메밀국수 곱빼기를
먹는 저 자신이 부끄럽지만, 꼭 부끄럽지만도 않습니다. 저는 계속
'저'를 지켜보고 있기 때문입니다.

언젠가는 이 '곱빼기를 먹는 업식 - (배부를 때까지 먹는 업식)'
조차도 사라질 것을 저는 알고 있습니다.

알아차리는 순간, 모든 것은 제자리로 돌아갔었습니다.
'제가 화를 잘 낸다는 것'을 제가 보기 시작한 순간부터,
저의 화는 점점 없어지기 시작했으며,
'제가 고집이 세고, 아집이 강하다는 것'을 제가 알기 시작한 후부터,
저의 아집 또한 점점 없어지기 시작했으며,
'언행일치'가 되지 않은 저의 모습을 바라보기 시작했을 때부터
저는 조금씩, 저의 말과 행동을 조심하기 시작했습니다.

제가 '내로남불한다'는 것을 알기 시작한 후부터는,
내로남불하는 사람을 비난하지도 못하겠고,
그런 사람을 봐도, 그냥 웃으며 넘길 수 있게 되었습니다.

내가 나의 모습을 객관적으로 바라볼 수 있는 능력.
그것은 다른 말로 하면 '메타인지meta認知'이고.
다른 말로 하면 '분수'라고 합니다.

'메타인지'가 되거나,
'분수'를 아는 사람은 '큰 화'를 피하게 됩니다.

이 말이 바로 그 유명한 손자병법에 나오는
지피지기知彼知己 백전불태百戰不殆입니다.
나와 상대를 알면, 백 번 싸워도 위태롭지 않다.

내가 술 취한 것을
내가 알게 되면
큰 사고를 치지 못합니다.

저도 제대로 실천 못 하면서,

남들보고 가르치려 드는 저의 이런 모습을,

저도 다 보고 있습니다.

내가 나 자신을 볼 수 있는 능력.

그것은 제가 하나님께 받은 또 다른 선물입니다.

맺음말

책 '타이탄의 도구들'에 보면 '클리셰cliché'라는 말이 나옵니다.
누구나 들어봤을 법한 진부한 이야기.
뻔한 이야기. 당연한 이야기.

먹는 것이 중요하다. 잠이 중요하다. 운동이 중요하다.
주변 사람들에게 잘해줘라. 뿌린 대로 거두는 법이다.
독서가 중요하다. 습관이 중요하다.

뭐 이런 이야기들. 이런 것들을 '클리셰'라고 합니다.
하지만, 초등학생들도 익히 들어봤을 법한
이런 식상한 어구들이 품고 있는,
'진짜 뜻眞意'을 알고 이해하는 것,
그것이 바로 '깨달음'이 아닌가 하는 생각을 해보았습니다.

한평생 '남자' 때문에 고생한 한 여인이 죽으면서, 딸에게
"남자 조심해라, 절대 아무나 사귀지 마라"
라고 하는 교훈을 그 딸에게 전했다고 가정을 해봅시다.
그 딸이 그 '유언'을 들어본들 뭐 하겠습니까?

그 딸도 그 어미와 '똑같은 삶'을 살고 난 후에,
어미가 했던 말
"애야. 남자 조심해라, 절대 아무나 사귀지 마라"
라는 말을 그 자식에게 그대로 전하게 되는 것을.

깨닫기 전에는 저 사람이 '왜' 저 이야기를 하는지 모르지만,
깨닫고 나면, 그도 마찬가지로 그 앞사람이 했던 이야기를
그대로 '반복'할 수밖에 없는 것 같습니다.
그것이 언어의 한계인 것 같습니다.

오해하지 마십시오. 제가 뭔가를 깨달았다는 말이 아닙니다.
달리 표현을 하려 해봐도, 딱히 다른 표현이 없더란 말입니다.

'남자 조심해라. 절대 아무나 사귀지 마라'
이 말 외에 더 무슨 표현을 하겠습니까?
그게 진짜 '다'인 것을.

모든 일에는 원인이 있다.
뿌린 대로 거둔다.
모든 것은 연결되어 있다.
원인과 결과는 함께 묶여있다.

진짜 이게 '전부'입니다.

이 말들이 하나하나가 진짜 진짜 중요하고,
한마디 한마디가 '보석'과 같은 말씀이라는 그 말 이외에는
사실 제가 더 드릴 말씀이 없습니다.

나머지는 여러분들이 '스스로' 길을 찾으셔야 합니다.
문제에 있어 정답은 이미 나왔고,
각자 본인에 맞는 풀이 과정을 찾는 것은
여러분들 '스스로의 몫'이라 생각됩니다.

살아가면서 가끔 이 책을 다시 펴보십시오.
그리고 한 줄, 두 줄씩 그 뜻을 '되새김질'해 보십시오.

여러분들도 어느 순간, 저처럼 '똑같은 말'을 하시게 될 것입니다.

'아~ 진짜 뿌린 대로 거두는 것이구나. 무섭네. 무서워'
'와~ 진짜 모든 것이 연결되어 있었구나. 연관 없는 것이 없네'

그렇게 된다면 저로서는 무척이나 기쁠 것 같습니다.

여러분의 자녀들에게도 '인과의 법칙'을 꼭 가르쳐 주십시오.

자녀가 '인과의 법칙'만 잘 이해하게 된다면

'때'가 되면, 그 자녀는 '스스로' 공부하게 되어있습니다.

스스로 운동하게 되어있습니다.

스스로 나쁜 것을 먹지 않게 되어있습니다.

스스로 나쁜 행동을 그만두게 되어있습니다.

석가모니 부처님과 예수님의 가르침의 핵심.

'인과법' - (모든 일에 원인이 있습니다)

이 이야기를 하려고 먼 길을 둘러 둘러 왔습니다.

인과법 '하나'를 설명하려 하니

마음공부 '전체'를 설명하지 않을 수 없었습니다.

긴 여정 동안, 말재주 없는 저와 '함께' 해주셔서 너무 감사합니다.

저와 좋은 '인연'이 되어 주심에 깊이 감사드립니다.

늘 '지혜'가 함께하시길 기도 축원 드립니다.

나무아미타불 아멘.

이어서 출판될 '모든 질병에는 원인이 있습니다'에서는

내가 가지고 있는 질병을 어떻게 근본 치료할 수 있을 것인가? 그 질병의 진짜 원인은 무엇인가에 대해 이야기할 것입니다. 질병은 약을 먹어서 낫는 것이 아니라 생각합니다. 적게 먹고, 많이 자고, 많이 걸으면 우리 몸속의 의사가 알아서 나의 몸을 자연치유해 줄 것입니다.

우리의 몸은 철저하게 내가 먹은 것, 잠잔 것, 운동한 것, 마음 쓴 것의 결과입니다. 이것들을 조절하는 것. 그것만이 유일한 질병의 해결책입니다. 내가 나의 몸을 소중히 여기지 않고서는 절대 나의 몸은 낫지 않습니다.

내가 스스로 나의 질병에 대해 공부해야 합니다. 아무도 나의 괴로움에 관심이 없습니다. 그래서 책을 읽어야 합니다. 치료법은 병원에 있는 것이 아니라, 서점에 있습니다. 고혈압도, 당뇨도, 자가면역 질환도, 암도, 모든 질병에는 치료법이 있으며, 정답이 있습니다. 치료법이 없는 질병은 없습니다. 고치지 못하는 악습관만 있을 뿐입니다. 건강 서적을 읽음으로써 쉽게 악습관을 고치십시오. 책을 읽음으로써 패러다임을 바꾸는 것. 그것은 질병을 치료하는 가장 쉬운 길입니다.

모든 일에는 원인이 있습니다

초 판 1쇄 펴낸날 2024년 12월 24일
        2쇄 펴낸날 2025년   1월 15일

지은이 조진호
삽 화 김태란
펴낸이 김연지
펴낸곳 효림출판사
등록일 1992년 1월 13일 (제2-1305호)
주 소 서울시 서초구 반포대로14길 30, 907호 (서초동, 센츄리I)
전 화 02-582-6612, 587-6612
팩 스 02-586-9078
이메일 hyorim@nate.com

값 13,000원